文春文庫

八丁越

新・酔いどれ小籐次（二十四）

佐伯泰英

文藝春秋

目次

「新・酔いどれ小籐次」 おもな登場人物

赤目《あかめ》小《こ》籐次《とうじ》　元豊後森藩江戸下屋敷の厩番。主君・久留島通嘉が城中で大名四家に嘲笑されたことを知り、藩を辞して四藩の大名行列を襲い、御鑓先を奪い取る（御鑓拝借事件）。この事件を機に、〝酔いどれ小籐次〟として江戸中の人気者となる。来島水軍流の達人にして、無類の酒好き。研ぎ仕事を生業としている。

赤目駿太郎《しゅんたろう》　小籐次を襲った刺客・須藤平八郎の息子。須藤を斃した小籐次が養父となる。元服して「赤目駿太郎平次《ひらつぐ》」となる。

赤目りょう　小籐次の妻となった歌人。旗本水野監物家の奥女中を辞し、芽柳《めやなぎ》派を主宰する。須崎村の望外川荘に暮らす。一家の愛犬はクロスケとシロ。

久慈屋昌右衛門《くじやまさえもん》　芝口橋北詰めに店を構える紙問屋久慈屋の八代目。妻はおやえ。

観右衛門《かんえもん》　久慈屋の大番頭。

国三《くにぞう》　久慈屋の見習番頭。

新兵衛《しんべえ》　久慈屋の家作である長屋の差配だったが惚けが進んでいる。

お麻　新兵衛の娘。差配を継いでいる。夫は錺《かざり》職人の桂三郎、娘はお夕。

空蔵《そらぞう》　読売屋の書き方兼なんでも屋。通称「ほら蔵」。

青山忠裕《ただやす》　丹波篠山藩主、譜代大名で老中。小籐次と協力関係にある。

おしん　青山忠裕配下の密偵。中田新八とともに小籐次と協力し合う。

子次郎《こじろう》　江戸を騒がせる有名な盗人・鼠小僧。小籐次一家と交流がつづく。

三枝薫子《さえぐさかおるこ》　直参旗本三枝實貴《さねたか》の姫。目が見えない。江戸で小籐次と子次郎に窮地を救われた後、三枝家の所領のある三河国で暮らしている。

〈豊後森藩〉

久留島通嘉《くるしまみちひろ》　八代目藩主。

嶋内主石《しまうちしゅせき》　国家老。

池端恭之助《いけはたきょうのすけ》　通嘉の近習頭。

創玄一郎太《そうげんいちろうた》　江戸藩邸勤番徒士組。

長野正兵衛《ながのせいべえ》　江戸家老。

水元忠義《みずもとただよし》　御用人頭。

三崎義左衛門《みさきぎざえもん》　船奉行。

八丁越《はっちょうごえ》

新・酔いどれ小籐次（二十四）

第一章　大山積《おおやまづみ》の石垣

一

伊予《いよ》村上《むらかみ》水軍の一家《いっけ》、来島《くるしま》家が徳川家から一万四千石で立藩を許されたのは関ヶ原の戦いのあと、慶長六年（一六〇一）のことであった。

初代藩主は来島長親《ながちか》（康親）。

来島水軍として海の覇者であった一族が豊後《ぶんご》国玖珠《くす》郡森《ごおりもり》に、山へと転封されて藩は保持された。その領地は、玖珠、日田《ひた》、速見《はやみ》の三郡に分散していた。ちなみに日田領の大半は天領であり、西国郡代の治める日田代官所は隣地にあった。

元和二年（一六一六）、二代目通春が来島の姓を久留島《くるしま》に改めた。さらに幾多の政争や内紛ののち、三代目の通清《みちきよ》が、ふたりの弟にそれぞれ千石、五百石と分地して一万二千五百石に減じた。

豊前《ぶぜん》・豊後九藩のなかでは一万二千五百石は最も小さく、唯一の城なし大名であった。海を離れ、内陸に領地を得て生き延びた来島一族は、貧しさという小藩の宿命を負った藩といえるであろう。


文政十年（一八二七）。

御座船三島丸《みしままる》の上で段々と近づく速見郡辻間《つじま》村頭成《かしらなり》の湊《みなと》を見ながら森藩八代目の久留島通嘉《みちひろ》が赤目《あかめ》親子に不意に質《ただ》した。

「わが森藩陣屋は玖珠郡にある。なぜ玖珠と称するか承知か」

「はあ」

と小籐次《ことうじ》が湊から視線を外して通嘉を見た。

「豊後国風土記の玖珠郡の項にな、『昔者、此村有洪樟樹。因曰球珠郡』と記されている。字が頭に浮かぶか、意が分かるか、駿太郎《しゅんたろう》」

「殿様、恥ずかしながら駿太郎には理解つきませぬ」

「なあに言うていることはさほど難しくはないぞ。『昔、この村に洪《おお》きな樟《くすのき》があった。ゆえに玖珠の郡《こおり》になった』という意だ」

小籐次と駿太郎はしばし沈黙した。そして、小籐次が、

「殿、久留島家と同じ神紋を持つ三嶋の大山祇《おおやまづみ》神社の大クスノキが玖珠郡の起こりにございましたか」

「おお、そういうことだ。なんぞおかしいか」

「いえ、われら親子がこたびの参勤下番に加わることになったのは、殿の誘いがきっかけではございますが、どうやらそればかりではございませぬな」

「どういう意だ、赤目」

「殿、われら、こたびの参勤交代に際して江戸からは加わらず、先行して三河の直参旗本三枝《さえぐさ》家に数日立ち寄ったことはご存じでしたな」

「おお、そなたらとは、摂津大坂にて落ち合ったな」

「われら、三河国の旗本三枝家の離れ屋に数日逗留しましたがな、その所領に三河の漁師たちが御神木と崇《あが》める楠《くす》の大木がございました」

「うむ、そのほうらが立ちよった三河の地でも楠の老木と巡り合っておったか」

「いかにもさようでございます。われら、かように楠の大木にあちらこちらで出会いながら、ただ今、森藩所領頭成の湊に辿りつこうとしております」

「予の誘いだけではなく、楠の神木がそなたら父子を玖珠という名の地がある森

藩に呼び寄せたというか。なんとも不思議な話よのう」

「どう考えればよいのでしょうかな」

「殿様の願いを父上が手助けなされますね。その頼みを楠の御神木が支えてくれるということではございませんか」

小籐次の自問に駿太郎が答えた。

「駿太郎、赤目小籐次と御神木が予の願いを叶えてくれるか」

と通嘉が満足げな笑みを浮かべたとき、頭成の湊から大小の舟が御座船三島丸を出迎えて、

「殿様、参勤ご苦労に存じます」

「お疲れ様でございました」

などと言う声が舳《へさき》に立つ通嘉に向って飛び交った。その声を聞いた赤目父子は舳矢倉からそっと下りた。

「父上、それがし、最後の縮帆作業を手伝います」

と父に言い残して、駿太郎は主帆を下ろす作業の場に向かった。すでに神楽桟《かぐらさん》では水夫《かこ》の茂《しげる》が仕度を終えていた。

「遅くなりました、茂さん」

「駿太郎さん、最後の帆下げだな」

「実に楽しい瀬戸内の航海でした」

「わしらも駿太郎さんから数々の力を貰ったぞ。主船頭もそう言っておったわ」

「足手まといではなかったでしょうか」

と駿太郎が応じたとき、艫《とも》矢倉の舵場から主船頭の利一郎《りいちろう》が、

「神楽桟の水夫茂、同じく水夫の駿太郎、主帆を下ろす仕度せえ」

とのいつもより丁寧な命令がかかった。

「畏《かしこ》まって候《そうろう》」

と呼応したふたりが顔を見合わせ、

「主船頭が水夫の駿太郎と呼んだぞ」

「はい、呼ばれました」

「駿太郎さん、わしらの仲間じゃぞ」

「はい。御座船三島丸の水夫赤目駿太郎です」

ふたりが言い合っていると、舵場から、

「主帆下げ」

の命が下り、茂と駿太郎のふたりが神楽桟の止めを外して帆を下ろし始めた。

もはや慣れた作業だった。

「殿様と話をしておったな」

「はい。殿様が森城下のある所領、玖珠の地名の由来を教えて下さりました」

「玖珠の由来があるのか」

「茂さん、われら一緒に大山祇神社の御神木、クスノキの大木を見ましたね。あの楠の木が森の地にもあって、玖珠の地名の由来になったそうです」

「山に転じて二百年以上は経っていよう。未だ森藩は村上水軍と絆があるのかなあ」

と茂が言ったとき、海面に碇《いかり》が投げ落とされ、三島丸は小さな河口の船入と思しき沖半丁に停泊した。その音を聞いたふたりは船尾に舫《もや》われた短艇を右舷側へと引っ張ってきた。

「われら、明日にも山に入りますね」

「駿太郎さん、そう急ぐこともない。摂津大坂で別れた同伴の荷船の姿が見えんな。荷船を待ちながら、参勤行列に入る乗馬や荷馬の調達をするんだ。荷馬は参勤の道筋でそれぞれ百姓衆の伝馬を集めるのさ。そんなわけで殿様は明日船を下りられて御座屋敷入り、家来衆の大半は覚正寺に宿泊する。まあ、最低でも山路を辿るまでに、二、三日は待つだろうな」

　駿太郎は茂の説明に驚いた。

　参勤交代は出来るだけ日程を短くするのが要諦だと聞かされていた。なぜならば、一日でも増えればそれだけ費《つい》えが何十両とかかるからだ。

「まあ、国許に入ったのでのんびりした行程といいたいが、在所では金がかからない分、とかく日にちを要するのだ」

「われら、直ぐには陸に上がれないのですか」

「いや、主船頭から赤目様と駿太郎さんを頭成に上げて案内《あない》せよとの命だ。船旅で足が弱っているのを少しでも陸地で慣れさせようということだ」

「ありがたいです」

　と応じた駿太郎が、

「茂さん、頭成に剣道場はありませんよね」

「剣道場ね、ないと思うな」

　と茂が首を傾げて説明した。

　頭成は三《さん》川河口を中心にした飛地《とびち》の湊ゆえ、森藩の町奉行と速見代官が常駐し、年貢米の積み出しの折は賑やかになるが、ふだんはそう森藩の家臣を見かけないという。

頭成の中心はこの河口付近の本町であり、それに上町、新町におよそ百軒の人家があった。富士《ふじ》屋、和泉《いずみ》屋、塩《しお》屋、小坂《こさか》屋など商人がおり、番屋の番人を兼ねているという。

「茂さんは海だけではなく頭成にも詳しいですね」

「もう何年もこの小さな湊が三島丸の住まいだからよ。長崎の異人たちはかような湊を母なる湊と呼ぶぞ」

「母なる湊ですか」

と駿太郎が応じたところに次直《つぐなお》を腰に差した小籐次が姿を見せた。

「父上、頭成の見物に行きませんか」

「やはり船旅で体を動かしておらんでな。少し歩いておこうか」

と答えたので駿太郎は舳矢倉下で作業着を三河から着てきた道中着に替え、備前古一文字則宗《のりむね》と脇差を腰に差した。大小を差すとぴりりと気持ちが引き締まった。水夫の緊張とは違う威武が漲《みなぎ》った。

赤目父子は短艇に乗り、船入に向かった。

「茂さんや、わしらをどこへ案内してくれるな」

「この頭成にも三嶋の大山祇神社を勧請《かんじょう》した神社があって、字は大きな山を積む、と書く。主船頭はまず赤目様の父子を大山積神社に案内せえとのことだ」

「われら、大山祇神社の縁から離れられぬか」

と小籐次が洩らした。その口調には、

「また神社見物か」

という感じがあった。

「父上、どこぞ他に行きたい場所がございますか」

「駿太郎、そなたと同様、わしも初めて訪ねた森藩の飛地じゃぞ。どこへ行きたいという考えなどないわ」

「ならば、主船頭の利一郎さんのお勧めに従いませぬか」

駿太郎の言葉に小籐次が頷いた。

「茂さんは大山積神社を訪ねたことがありますか」

「もう何年もこの頭成に関わりがあるのに詣でたことはないな。ただ、場所は船から見えるから道に迷うことはなかろう」

三人は頭成の家並みをぶらぶらと歩いていった。

雑然とした繁華な一本の道筋に白漆喰《しっくい》塗り二階建ての商家が続き、なかなか重厚な造りで、歳月を感じさせた。ただし店は閉まり、人影は見られなかった。

小籐次も駿太郎も、恐らく藩主久留島通嘉の参勤下番の御座船を迎えに母なる湊に行っているのだろうと思った。

「ああ、このお寺さんが覚正寺だ。海が荒れた折は、わしら、このお寺さんに世話になるのよ」

と茂が言った。

寺はお店が並ぶ道に石柱が二本立っているほか、なにもない境内の一角に本堂が見えた。寺の前を進み、家並みの裏手に廻ると、突然小高い丘が見えてきた。

「石垣の上にあるのが大山積神社だ」

と茂が差したなだらかな傾斜の耕作地の向こうに野面積《のづらづみ》の石垣が、三人の行く手に立ち塞がるように聳《そび》えていた。

「ほう、なかなかの石垣じゃな」

「父上、まるでお城の石垣です」

「おお、主船頭はわしら父子にこの石垣を見せたかったのではなかろうか」

と小籐次が呟《つぶや》いた。

「神社の境内から頭成の家並みと、三島丸を停めた別府《べっぷ》の内海がよく見えるそうです」

「別府とは確か開墾所を支配する役所の意ではなかったか」

と小籐次がわずかに承知していた知識を披露した。

「この飛地の海は、別府の海と呼ばれて天領さ。それ以上のことは、わしは知らん」

と茂が言った。

なだらかな坂道は左右から夏草が覆い、三人は茂を先頭に小籐次、駿太郎と縦に並んで歩いた。

鳥居を潜《くぐ》った三人は石垣の下に辿りついた。

見上げる石垣は城壁と見まがう威圧感があった。石垣の下には幅が一間を越える二十段ほどの石段があったが、石段はまっすぐに境内へと続いておらず、石垣に塞がれて左右へと分かれていた。

(まるで敵の侵入を妨ぐ城構えではないか)

と小籐次は思った。

元来神社は、老若男女が祈り、祭礼の折などに集う場所であろう。それが敵の来襲に備えた城のような石垣と曲がりくねった石段をもつのは、格別な意があるのか、と駿太郎も思った。

「父上、石段の上に神社ではなく、二の丸三の丸があっても不思議ではありませんね」

「おお、そのことよ」

駿太郎の言葉に小籐次も首肯した。

三人はようやく境内に着いた。

伊予の一宮、大山祇神社を分祀した神社だった。

拝殿はさほど大きな建物ではなかった。

赤目父子と茂は、拝殿に拝礼した。親子は森藩滞在が平穏であることを祈願したが、その願いは叶うまいと駿太郎は察していた。

(それにしても妙な神社よ)

小籐次は、立派な石垣の上の質素な拝殿のある頭成の大山積神社を詣でて、石垣にたびたび手を入れたという通嘉の魂胆が奈辺にあるかを考え、

(殿は城造りを諦めてはおられぬか)

と改めて思った。

そのとき、

「赤目様、駿太郎さんよ、わしらが帆走してきた伊予の海と三川河口の船入に停めた三島丸が見えるぞ」

石垣の端に設けられた石造りの玉垣の前に立った茂が叫んで教えた。

父子は夕刻の別府の海と帆を休めた三島丸を眺めた。

「摂津大坂から数々の灘を経てきた瀬戸内の海をわれら西側から見ておるか。なんとも美しい内海であったな」

「三河の海とは違いましたよね」

「おお、三河も美しい内海と思うたが、瀬戸内の海は大小無数の島々と狭門《せと》によって飽きることが一瞬たりともなかったわ」

「はい。それがし、素振りの最中にもしばしば眼前に広がる島と潮の流れに見とれて手を休めておりました」

と父子は言い合った。

「船入の三島丸に、頭成の商人が乗る小舟が群がっておるぞ」

とふたりの話に茂が加わった。

帆を下げ、碇を沈めた三島丸は、森藩藩主の御座船というより商い船のようだった。そして、国家老一派の家臣と思える者たちが船倉の荷を商人に見せていた。

「三島丸は、真《まこと》に大名船かのう。なにやら殿様は三島丸の御座所に間借りしているようではないか。茂、そなたの仲間は主甲板に姿が見えぬぞ」

と小籐次が正直な気持を洩らした。

「明日から荷下ろしが始まる。その折はわしらも手伝うのさ」

と小籐次の気持を察したように茂が言った。

「殿はいつ船を下りられるな」

「おそらく明日、荷下ろし前に御座屋敷に移られるな。殿が降りられたあと、三島丸は御座船から商人船に変わる」

と茂が付け加えた。が、父子はすでに商人船に変じていると思った。

「致し方あるまい。西国の大名衆の御座船はどこも大なり小なり商人船の役割を果たしていよう」

と小籐次が応じたとき、

「赤目小籐次様では、ございませぬか」

と声がかかった。

小籐次が振り向くと一人《いちにん》の武家方が神官を伴い、立っていた。

武家は当然、森藩の藩士と思えた。

「いかにも赤目小籐次にござる。貴殿はどなた様かな」

「それがし、森藩物頭《ものがしら》最上拾丈《もがみじゆうじよう》にござる。お待ちしておりました」

森藩の物頭は上士、武官のなかでも最高位だ。

「江戸にてお会いしたことがござろうか。殿様のお招きにて森城下にお邪魔することになったが、ご一統様には迷惑をかけぬよう過ごす心算《つもり》でおりますでな」

「いえ、それがし、赤目様とはお会いしたことがござらぬ。殿のお招きなれば森藩家臣一同にとって歓迎すべき正客様です」

と最上が言い切った。

そのとき、最上は殿に忠勤を尽くす、数少ない家臣のひとりではあるまいかと小籐次は察した。国家老一派ならば三島丸に乗船していて不思議はない。それがわざわざ大山積神社にいるのだ。

「そなた、われら父子が森を訪ねることを承知しておられたか」

「はい、承知しておりました。とはいえ、実際にお見えになるかどうか案じておりましたがな。ええ、前回の参府の折、殿よりこの旨相談されました」

「ほう、一年も前に殿から話がござったか」

やはり最上は、通嘉の側近と思えた。

「そなた、近習頭池端恭之助《いけはたきようのすけ》どのは承知かな」

「それがし、江戸藩邸に奉公したことはございません。池端どのが森陣屋に下番で参られた折は、日田郡の代官所におりましてな、この折も池端どのとは親密な付き合いがあったわけではござらぬ。されどその後、江戸に戻られてからわれら時候の挨拶程度の文の交換はござった」

最上は近習頭池端と書状のやりとりがあると述べたことで、お互い通嘉側近として意を通じていると小籐次に告げていた。

「駿太郎、茂。わしは最上どのと話がある。そなたら、頭成のどこぞでわしを待っておれ」

と小籐次がふたりに命じた。

「ならば覚正寺で待つか」

と茂が答えると最上が、

「そのほう、三島丸の水夫であったな」

「へい」

「船問屋の塩屋にて赤目様を待っておれ。番頭の要蔵《ようぞう》に最上拾丈の命だと申せ」

と最上も小籐次と内密に話すことを考え、大山積神社で待ち受けていたことを言外に告げた。

二

駿太郎と茂のふたりは、小籐次を大山積神社に残して石段を下りた。鳥居を潜って茂に従いながら、

「茂さんは船問屋の塩屋を知っていますか」

「わしら三島丸の船乗りならば頭成の大店四軒、塩屋、富士屋、和泉屋、小坂屋どこも、まあ承知だな」

と応じた茂の返答は微妙だった。

「塩屋も三島丸の出迎えに行っていますよね」

「ああ、殿様の出迎えは頭成の商人ならばどこも出向くな。そのあと、残る者と挨拶を済ませればすぐに店に戻る者に分かれる」

「三島丸の船倉にある荷に関わりがあるお店が残るのですか」

駿太郎は、摂津大坂からの船旅で三島丸の荷が何軒かの船問屋に関わりがあることを知っていた。

「そういうことだ」

と応じた茂が、

「駿太郎さん、三島丸の荷の大半が小坂屋扱いということを知っているな」

「なんとなく」

「森藩の国家老嶋内主石《しまうちしゅせき》様と一番親しい付き合いの船問屋は小坂屋だ。安芸《あき》の広島藩で下ろした荷を含めてこたびの荷の半分以上が小坂屋の扱いさ。残りの荷が富士屋と和泉屋の関わりだ」

その利益の一部が国家老が率いる一派に渡ることは駿太郎にも容易に察せられた。

「塩屋扱いの荷は、こたびの三島丸にはひとつも載っていないのですね。ああ、それとも別口の荷船に載っていますか」

「少しは載っている。それにしても最近数年の頭成の荷扱いは、小坂屋、富士屋、和泉屋三軒が中心だな」

「国家老一派と三軒の船問屋は深いつながりがあるのですね」

駿太郎が念押しし、

「そのなかでも小坂屋は国家老様と強いつながりがあるな」

と茂が繰り返した。

「反対に塩屋は、国家老一派と親しい交わりはないのですね」

駿太郎は推量して問うた。

「無視されているといったほうがいいな」

茂の返答を駿太郎はしばし考えた。

「塩屋は殿様と親しいのかな」

「殿様の道楽、いや、道楽という言葉は国家老一派が好んで使う言葉だな。国家老一派は小坂屋を始めとした三軒の船問屋とつながって商いをして利を森藩の勘定方に上げている。ところが塩屋は殿様の道楽のために浪費するばかりと文句をいうのだ」

「ふーん」

と思わず鼻で返事をした駿太郎は、行く手に人影があるのを見ていた。

夏の日が沈んでうす暗くなっていた。

茂は話に夢中で気付かないのか、

「塩屋は久留島家の代々の殿様と親しい交わりをしてきた老舗《しにせ》だがよ、近年は国家老一派と手を結んだ小坂屋の勢いに手も足もでないな」

と言った。

そのとき、駿太郎が茂の手を摑《つか》んで歩みを止めた。

「どうした、駿太郎さん」

「われらを待つお方のようです」

「えっ」

と言った茂が行く手を見た。

「あれは小坂屋に出入りのやくざ者だな。なんぞ用事かね」

茂の不安な声音は、厄介だなと言っていた。

「困ったな」

「どうした、駿太郎さん」

「木刀を忘れました」

「刀があるじゃないか。ああ、刀はあのお方からの拝領だったたな。田舎やくざに使うのは勿体《もったい》ないか」

公方《くぼう》様の拝領の刀と思い出した茂が畑を見廻し、

「肥溜《こえだ》めに柄杓《ひしやく》があるぞ、駿太郎さん」

「肥溜めの柄杓ね」

駿太郎が答えたところに四人のやくざ者が長脇差《ながどす》に手をかけて、

「おめえら、三島丸の水夫か」

とひとりが質した。

「ああ、おりゃ、水夫だぞ。三川のふん蔵親分の子分がなんぞ用事か」

「ふん蔵じゃねえ、文蔵《ぶんぞう》親分だ、茂」

「なんだ、おれの名を覚えているじゃねえか。ふん蔵の三下奴《さんしたやっこ》、仏滅の虎之介《とらのすけ》さんよ」

さすがに三島丸の水夫の茂だ。頭成のやくざ者なんかを恐れている風はない。あるいは駿太郎を頼みにしているのか。

「仏滅じゃねえ、大安《たいあん》の虎之介だ」

「おお、大安の兄いか」

と言いながら畑に下りた茂が肥溜めに歩み寄り、柄杓の柄に手をかけた。

「仏滅の虎よ、肥溜めの柄杓で肥を掛けられるのと、刀で斬られるのとどっちがいいよ」

「刀で斬られるだと。この背高のっぽ、十四だってな」

「おお、船のだれぞに聞いたか。今年の正月に元服したばかりでよ、十四歳はほんとだよ。小坂屋の手代あたりになにか言われたか」

「手代じゃねえや、番頭だよ。ちょいとな、この餓鬼を痛めつけてくれってよ。なにしろ小坂屋の娘様をこやつの親父が殺したと聞いてな」

「赤目様が小坂屋の娘を殺したってか、天下の武芸者がそんな真似をするわけもないぜ。それよりよ、痛めつけるなんて止めておいたほうがいいと思うな。仏滅の虎兄い」

「茂、仏滅じゃねえ。肥溜めの柄杓を離せ」

大安の虎之介が命じて悠然と長脇差を抜いたとき、すでにそれぞれ得物を抜いていた仲間の三人が駿太郎にいきなり斬りかかった。

駿太郎は腰の浮いた子分の動きを見て、先頭の小太りの腕を小脇に挟むと体を抱え上げ、隣にいた仲間に投げた。

「あ、痛たた」

「ああ、やりやがったな」

ふたりして絡《から》み合って野道から畑に転がり落ちた。

駿太郎の手に長脇差が残されていた。派手な造りの長脇差を峰に返して、

「茂さん、得物ができました」

「おお、もったいないもんな。腰の刀を使うのはよ」

ふたりのやりとりを聞いた大安の虎之介が、

「てめえら、十四の餓鬼相手にその様《ざま》は」

上段に振りかぶって駿太郎に斬りかかってきた。

駿太郎が片手に構えた長脇差で軽く弾《はじ》くと、

「おっとっとと」

と野道の路傍に大安の兄いがよろめいていった。その尻を駿太郎が長脇差の切っ先でつんつんと突くと、

「あ、こ、この野郎」

と畑に飛んだ虎之介が肥溜めのなかに、どぼん、と派手な音をさせて落ちた。

「おっとっとと」

虎之介の真似をした茂が柄杓を手に肥溜めの飛沫をさけて野道に飛び戻った。

「ああー」

ひとり残ったやくざ者が悲鳴を上げた。

「おめえの名は」

茂の問いにしばし口を利けなかった相手が、

「日出の喧嘩安だ」

「名だけは一人前だな。おめえも肥溜めに飛び込みたいか」

「や、止めてくんな」

と願った。

「ならば、小坂屋のなんという手代がおめえらに命じたよ」

「手代じゃねえ、三番番頭の長市だ」

「よし。仏滅の兄いを肥溜めから引き揚げな」

と言い残した茂が、

「駿太郎さん、行くか」

と柄杓を放り出して駿太郎に声をかけた。

ふたりが塩屋の店先に足を止めると番頭と思しき男が、

「茂さんか、なにか用事かな」

と言いながら駿太郎を見て、

「ひょっとしたら赤目駿太郎様かな」

「おお、要蔵さん、酔いどれ様の息子だぞ。大山積神社で会った物頭最上様に駿太郎さんを塩屋に案内して、親父様がここに来るのを待てと命じられたんだ。それでおれが案内してきたんだ」

「赤目様はどうしなさった」

「最上様といっしょにあっちに残られた」

茂の返事にしばし考えた番頭の要蔵が頷き、

「駿太郎様、うちでしばらく父御が参られるのをお待ちなされ」

と店から奥へと招じ入れた。

茂は店先に残った。

歳月を経て重厚な店の構えだが、奉公人の姿がなく、そのせいかいまひとつ活気がないように見えた。

「こちらへどうぞ」

要蔵に案内されて奥に通った駿太郎は、中庭を囲むようにロの字型の広縁が設けられているのに気付いた。そして、総二階の一画から潮の香りがしてきた。屋敷は海に面しているのか、その二階の一部が物見台のような普請と思えた。

塩屋の店と住まいは凜とした静寂を漂わせ、武家方の屋敷の雰囲気に近かった。

駿太郎の視線を認めた要蔵が、

「物見台から頭成の内海をご覧になりますかな」

「そうですね。ぜひ見たいです」

駿太郎が願うと要蔵が広縁を通って店とは反対側、海に面していると思われる一角の階段へと案内した。

駿太郎は要蔵に続いて階段を上がりかけ、階段脇の格子窓の部屋が他よりも武骨なつくりであることを認めた。だが、物見台に案内する番頭にはそのことを口にしなかった。

物見台は二階の屋根の上に海に突き出すように設けられており、潮の香りとともに頭成の海が一望できた。

「これは」

駿太郎は絶句した。

三島丸の舳矢倉から殿様の通嘉といっしょに見た山を背後にした頭成の内海とも、また大山積神社の石垣上から見た別府の海とも違った景色があった。

塩屋の物見台から見る海は、圧巻の景色だった。この物見台からどこの船問屋の商い船が入津してくるかひと目で見ることができた。

駿太郎はしばし無言で塩屋の物見台からの景色に見入っていた。

御座船三島丸が三川河口の船入に泊っているのも見えた。船にはすでにランタンが灯されていた。

「どうですかな」

と要蔵が質した。

「われら、大坂から瀬戸内の灘をいくつも越えてきました、どこもが美しゅうございました。そして、この物見台から海を見て森藩の飛地と聞かされてきた頭成の湊の見事な景色に驚かされております。父の先祖と関わりがある頭成がかようなところとは努々《ゆめゆめ》想像もできませんでした」

駿太郎は、興奮の口調で正直に感動を告げた。

物見台の下の海は船着場になっているらしく一艘《そう》の小舟が離れていく。

茂が胴の間に座っていた。漕ぎ手は塩屋の男衆《おとこし》だろう。

「茂さん」

「おお、駿太郎さん」

「三島丸に帰りますか」

「明日から荷下ろしが始まるからよ、おれは船に戻るぞ。明日、会おう。三島丸に残した赤目様と駿太郎さんの荷は、おれが預っているから安心しな」

と言い残すと、小舟は三島丸へと向かって夕闇に溶け込んでいった。

「番頭さん、よいものを見せてもらいました」

と礼を述べる駿太郎の口調はすでに平静になっていた。塩屋の佇まいの立派さとともに、店の活気のなさをも感じていた。

「番頭さん、物見台の真下の一階は荷倉ですか、主家や奉公人の住まいとは違う感じがしました」

「気付かれましたかな。このところあそこは使われておりませんがな」

と物見台の階段を下りた要蔵が庭に向かって格子窓が設けられた部屋の戸を開けた。

暗い空間が駿太郎の想像を掻き立てた。

「ちょっとお待ちを」

広縁の隅に置かれた行灯《あんどん》を手にしてきた要蔵が空間に足を踏み入れた。

駿太郎の予想が当っていたことを行灯の灯りが告げた。

なんと頭成の老舗の船問屋に四十畳ほどの広さの武道場があった。神棚がある壁際には狭いながら見所《けんじょ》もあった。

駿太郎は手にしていた備前古一文字則宗を見所に置くと神棚に拝礼した。

「塩屋が森藩の御用を盛んに勤めていたころ、家臣の方が参勤交代で江戸へと向かわれる前に稽古をして御座船に乗り込まれました。もう長いことうちの武道場で稽古の気合声は聞かれませんな」

と要蔵の声音に寂しさが漂っていた。小坂屋を筆頭に三軒の船問屋に商いを奪われた悔しさだろう。

「番頭さん、それがし、この道場をしばしお借りしてようございますか」

「なんとも有難いお申し出ですぞ。駿太郎様、主には私から断っておきます。どうぞお好きなようにお使いくだされ」

と言葉を残して要蔵が道場から姿を消した。

駿太郎は行灯の灯りのなかで改めて則宗を腰に差し戻し、神棚と正対すると一礼した。

「来島水軍流正剣十手の一、序の舞」

駿太郎は塩屋の武道場の床を能楽師がすり足で音も立てずに動くように、つつつ、と前に進み、後ろに下り、左に流れて、右に身を移した。来島水軍流の序の舞は、剣術の基になるべき足運びだった。

駿太郎は独り序の舞を優雅に披露すると、一転、二の太刀の流れ胴斬りの実戦的な技前に没入した。

静から動の変化に、どれほどの刻が経過したか。

二の太刀流れ胴斬りから十の太刀波小舟を奉献し終えた駿太郎は、則宗を鞘《さや》に納めて神棚に深々と拝礼した。

道場にいつの間にか人の気配がしていた。

駿太郎の剣技に圧倒されたか。老人と孫娘と思しきふたりが言葉もなく佇んでいた。

「もしやして塩屋の主どのですか」

「私、塩屋の隠居、村上藤八《むらかみとうはち》にございます」

と応じた老人が、

「赤目駿太郎様、ようこそ塩屋にお出でになりました」

と歓待の言葉をかけた。

「こちらこそ、隠居どのに挨拶も為さず物見台の見物から道場まで勝手に使わせてもらいました。わが父は大山積神社におります」

「いえ、すでに最上様とお見えになりました」

と籐八が答え、

「駿太郎さんも座敷に参られませ。孫娘のお海《うみ》に案内させまする」

と言った。

お海は駿太郎とほぼ同じ年齢か、行灯の灯りで賢そうな眼がきらきらと輝いていた。

「どうぞこちらへ」

とさっきは通らなかった広縁の方へ案内した。

駿太郎は腰の一剣を鞘ごと抜くと手に携えて、お海の背に従いながら石灯籠の灯りに映える庭を見た。

石灯籠の蠟燭《ろうそく》の灯りに浮かんだ庭は、四周を広縁と二階建ての建物に囲まれ、まるで瀬戸内の島々の佇まいの続きを見ているようだった。

「駿太郎様はおいくつですか」

お海が問うた。

「それがし、本年正月に元服しました、十四歳です」

「大きな駿太郎さんがわたしとおなじ十四だなんて」

お海が驚きの顔で呟いた。

「初めて会う方にいつも言われます。そうか、お海さんもそれがしと同じ歳ですか。ひとつふたつ歳下かと思うていました」

「駿太郎さんから見れば、わたしなど幼女ですね」

と微笑んだお海が、こちらです、と人の気配のする座敷の前に立ち止まった。

座敷から人声がした。

「駿太郎です。お邪魔してようございますか」

と許しを得た。

「どうぞ」

と女の声がして襖が開かれた。

明らかにお海の母親と知れる女が笑顔で駿太郎を迎え入れた。

父と最上のふたりの応対を当代の塩屋の主と思しき人物がなしていた。

「駿太郎か、大山積神社のあと、そのほうら、あれこれと忙しかったようだな」

「あれは茶番です、大した出来事ではありません。父上、それよりこちら塩屋さんの物見台と武道場は素晴らしゅうございますよ」

「稽古を為したようだな」

「船の甲板よりやはり武道場の稽古はよいものですね」

父子の問答にお海が割り込み、

「お父つぁん、駿太郎さんはわたしと同じ十四歳ですって、信じられる」

「ほうほう、駿太郎さんは十四歳か、驚いたな」

と娘に応じた塩屋の当代が、

「駿太郎さん、私が塩屋の八代目村上聖右衛門《しょうえもん》です」

「主どのでしたか。番頭さんのお許しで武道場をお借りしました。お陰で気持ちがすっきりとしました」

と駿太郎が答えると、

「駿太郎どの、そなたが独り稽古をしているというので、許しもなく格子窓からちらりと覗かせてもらいました。天下の武芸者赤目小籐次様の一子、あの技量、この体付き、だれが十四歳と思うでしょうかな、いやはや末恐ろしい十四歳です。殿が赤目様親子を頼りになさるわけだ」

と最上が感嘆した。

そこへ塩屋の女衆《おんなし》が膳と酒を運んできた。

「駿太郎、われら、今宵、こちらに泊ることになった」

と小籐次が言った。

三

駿太郎は黙々と塩屋の台所で夕餉《ゆうげ》を食していた。

その健啖ぶりをお海や女衆が驚きの顔で見ていた。

塩屋は奉公人の姿が見えず活気がないと駿太郎は思っていた。だが、お店と住まいを兼ねたロの字型の総二階の造りはなんとも広く、ゆえに人の気配や声がしなかっただけだ。

座敷で客の赤目小籐次と最上拾丈、接待する隠居の籐八に当代の聖右衛門、女房の奈美《なみ》に番頭の要蔵らが酒を飲み始めたのを機に駿太郎は、お海に願って、夕餉の膳を台所にひとりだけ移してもらった。

膳を抱えた若侍が戸口の前でひょいと頭を下げ、塩屋の台所にお海に案内されてきたのを見た奉公人の女衆が啞然《あぜん》と駿太郎を見上げた。

「皆さん、駿太郎様はお酒の席より台所が気楽でいいそうです」

「あれま、お海お嬢さん、お若い侍さんは江戸のお方やろか。森陣屋にはおらんな、江戸藩邸から三島丸で来なさったか」

と台所を仕切るらしい年配の女衆がお海に訊いた。

「おきち、歳をお聞きしたら」

お海が女衆の問いには答えずそう告げた。

「うむ、若侍さんの歳ちいいなさるな、さあて二十歳をいくつか超えたところか」

と呟いたおきちが、

「お嬢さん、二十二で間違いなか」

と言い切った。

「二十二歳のお武家様がよ、どんぶりで二杯のごはんを食べ終えて三杯めをおきちに願おうなんて考えるかしら」

「お海お嬢さん、そやな、大名様のご家来衆ならば三杯めしは食わんやろな」

とお海の言葉に応じたおきちが、

「そげんこつならたい、十九歳や、間違いなか」

と叫んだと同時に駿太郎が空のどんぶりをゆっくりと差し出し、

「船ではのんびりと食せなかったのです。陸に上がると食が進みます」

と言い訳した。

空のどんぶりを受け取ったおきちは、どんぶりの底にひと粒の米も残ってないことを見てとった。

「赤目駿太郎様は今年の正月に前髪を落として元服なされたばかり、わたしと同じ十四歳なのよ」

お海の言葉にお櫃《ひつ》からめしを装《よそ》いかけたおきちの手が止まり、

「じゅ、十四やて、お嬢さんといっしょやなんて嘘やろ」

と目を丸くして、駿太郎の表情をしげしげと見た。

そんな言動を見たお海がゆっくりと頸《くび》を縦に振った。

「お海嬢さん、うちの入口の戸はどれも六尺五寸はあるとよ。この若い衆が入ってきたとき、頭をひょいと下げなさったな」

「駿太郎さん、背丈はどれほど」

とお海が問うた。

「さあ、最後に計ったときは六尺二寸でした。あれからだいぶ時が経っていくらか伸びたかな」

「そりゃ、髷《まげ》がうちの戸口につっかえようたい。お嬢さん、十四歳は信じられんたい。けど、背丈は騙されんもんね」

と自分に言い聞かせるようにいうと三杯めのめしをどんぶりに装った。

「おきちさん、ありがとう」

どんぶりを受け取った駿太郎がにっこりと笑った。その笑顔をとくと見たおきちが、

「確かに十四歳かもしれん」

と頷き、

「おかずをなんぞ見繕ってこようかね」

とお櫃の傍らから離れた。

「初めてお邪魔したお宅でそれがし、なんの遠慮もしていませんね、お海さん」

駿太郎が、お海を見て呟いたところに、座敷から台所に姿を見せた奈美が、

「いいえ、駿太郎さんの大食ぶりは見ていて気持ちがいいわ」

と言い切った。

「おっ母《か》さん、これほど美味《おい》しそうにご飯を食べるお方はうちの男衆にもおりません。もし、兄さんが」

と言いかけたお海がなにかに気付いたように不意に黙り、母親も静かに頷き返した。

その場をしばし沈黙が支配した。

駿太郎はその沈黙に気付かないふりをして、

「今晩、父とそれがし、こちらに泊まらせていただいてよいのですか」

と母娘ふたりに訊いた。

「船に泊るのがいいの、駿太郎さん」

「お海さん、船は十分に乗りました。できれば塩屋さんの道場の片隅に泊めてもらい、明日の朝、稽古がしとうございます」

「ならば、参勤行列が頭成を出るまでうちに泊まっていって。いいわよね、おっ母さん」

とお海が母親に念押しした。頷き返した奈美が、

「最上様にお話ししておきますからね。安心して幾晩でも泊って下さいな」

と応じて、新たな酒の用意をして座敷の接待へと戻っていった。

駿太郎は残していた煮魚がなんの魚か分からなかったが、

「頭成の魚は江戸の魚と違うようですが、美味《うま》いです」

とお海に言いながら三杯めに箸をつけた。

お海は黙って駿太郎がどんぶりめしを食べる様子を眺めていた。新たに野菜の

煮付けを大もりにしてきたおきちが、

「お海お嬢さん、離れて若い衆を見たと。こりゃ、お嬢さんのいわれるごと、十四歳やと、うちも気付かされましたと」

と言いながら、新たな菜を駿太郎の前に差し出した。

「ありがとう、おきちさん。どこに行ってもそんな問答になります」

礼を述べた駿太郎は間近からふたりの女に見守られながら三杯めのどんぶりめしを平らげ、箸をお膳にゆっくりと置いた。どの器もきれいに食べ尽くされていた。

おきちが茶の仕度をしながら、

「お嬢さん、気持ちがよかと。そげん、思わんね」

「わたしとおなじ十四歳なんて驚きよね。でも、わたし、信じるわ」

なにか胸に秘めた気持に言いかけるようにお海が洩らした。

「お嬢さん、座敷の爺様がこの若い衆の親父様やろか」

おきちが駿太郎から小籐次に関心を移した。

「そうよ、あのお方が酔いどれ小籐次こと赤目小籐次様よ。親父様にしては歳がこちらと離れているとおきちは言いたいのよね」

と海が言った。

その言い方から、小籐次と駿太郎が実の親子ではないことを承知していると駿太郎は察した。

「座敷におる赤目小籐次は、それがしの実父ではございません」

と前置きした駿太郎は、小籐次の養子とだけ告げた。その話を聞いたおきちが、

「天下一の酔いどれ小籐次様があげんな年寄りで、小さかとが信じられんとよ。それにくさ、こん大きな駿太郎さんと血が繋がっとらんならたい、親子でも話は分かると」

と得心したおきちがその場から離れた。

「お海さんは、わが赤目家のことを承知のようですね」

「物頭の最上様から何か月も前から聞かされてきましたからね、およそ承知ですよ。だけど、最上様も駿太郎さんがまさかこの正月に元服されたばかりとはご存じなかったようで、最前大山積神社で赤目様から聞かされて、驚いたと申されておりました」

「わたしども父子のことが頭成で何月《なんげつ》も前から話に上がるなんて不思議です」

駿太郎は訝《いぶか》しく思った。

「殿様は何年も前から赤目小籐次様を森陣屋にお呼びしたかったそうです。それで近しい家来衆には話があったのだと思います。うちでも最上様方から聞かされて、赤目小籐次様がいつの日か頭成に見えることが話にたびたび上がったのですよ。だけど、背高のっぽの十四歳の若侍がいっしょだなんて知らなかったから、わたしも驚きました」

お海の説明に得心した駿太郎が、

「今度はこちらの、塩屋さんのことを聞いてようございますか、お海さん」

と断わった。

しばし間を置いたお海が頷いた。

「船問屋塩屋さんは、森藩の御用を長く務めておられたのですよね。殿様といまも深いつながりを持って、お互いを信頼しておられると、それがし、察しました。にも拘《かか》わらず、このところ藩の御用が少ないのは国家老の嶋内主石様が率いる一派が森藩の交易を握っておられるからですね」

駿太郎は他の女衆には聞こえないように声を低めて聞いた。その問いにお海も静かに頷いた。そして、しばらく沈黙していたが、

「森藩の飛地速見郡頭成では、藩のことを話してはならないの。格別うちは殿様

と近しいですから、隠居の爺様もお父つぁんも家族以外の人のいる場では、森藩の政《まつりごと》については話さないようにしています」

「ああ、ご免なさい。それがし、深く考えもせずお節介にも口にしてしまいました。お海さん、聞かなかったことにしてくれませんか」

駿太郎が慌てて詫びた。

お海がゆっくりと首を横に振り、

「頭成でも森陣屋でも殿様に近しい方々は、殿様が洩らされてきたこと、承知です」

「どういうことですか」

「殿様は、うちでも『赤目小籐次は、わが家臣である。この赤目小籐次が近々森陣屋に参る。その折は藩内の様子が変わろうぞ。昔どおりの森藩になろう』と申されました。殿様のお言葉です、信じております。だから、本日、三川の船入に泊った三島丸に赤目小籐次様と、それにご子息の駿太郎様が乗っておられると知らされたうちでは、大喜びしたのです。わが家では赤目様と駿太郎さん父子を勝手に身内と思うております。心強いお味方なのです」

と言った。

その言葉に頷いた駿太郎が、

「お海さん、すでにご存じですね。父が森藩江戸藩邸下屋敷の厩《うまや》番だったのは、大昔のことです。それがしが赤目小籐次の養子になる以前の話です。われら父子は、殿様のお招きで頭成の地に立っておりますが、どのような立場で家臣の方々や塩屋さんのような御用商人方と接すればいいのか、それがしも父も当惑しているところです」

「なんとなく察しておりました」

とお海が応じた。

お海は駿太郎と同じ十四歳だが、藩と近しい船問屋の娘のせいか、大人並みの応対力と判断力を持っていた。

駿太郎は、ふと、最前お海が「兄さんが」と口にしたあと、口を閉ざしたことを思い出していた。が、話を戻した。

「父は森藩の、それも下屋敷の厩番であったことを忘れてはおりませぬ。さような身分を考え、こたびの殿様のお招きも迷いに迷った末に受けたのです」

駿太郎の言葉にお海は頷いた。

「われら父子が森藩に招かれたことを快く思わないご家来衆がたくさんいること

に正直それがし、大坂で御座船三島丸に乗船して知り、びっくりしました。父はかようなことを予想していたのでしょうね」

「駿太郎さん、赤目小籐次様はいまや天下一の武芸者、公方様にもお目にかかった勇者ですね。そのようなお方が」

「はい、父は、下士身分の厩番であったことをこたびの旅で改めて思い知らされておりましょう」

「江戸でもそのように考えるお方がおられますか」

「いえ、江戸の町では紙問屋の久慈屋《くじや》さんの店先で研《と》ぎ仕事をする父を赤目小籐次としてだれもが認めてくれますし、頼りにして願い事をなされます」

駿太郎の返答に頷いたお海が、

「駿太郎さん、うちでは、何年も前の頭成や森陣屋に赤目様と駿太郎さんがお見えになればよかったと、爺様も両親も思うております。この頭成ではかつてはだれもがなんの差し障りもなく、自分の商いをして、好きなことを話し合えたと爺様は、今朝がたから幾たびもわたしに洩らしました」

「変わったのは国家老様が森藩の交易に手を伸ばしたころからですか」

ふたりは、いつしか身内の前でしか話してはならない森藩の内政に触れていた。

「はい。船問屋の小坂屋さんと国家老様が手を結んで頭成は大きく変わりました。子どもも心にもなんとなく察せられました」

お海の嘆きにも似た呟きに頷いた駿太郎は、胸の戸惑いをお海に質すべきかどうか迷った。

「長年深いつながりがあった塩屋さんが交易から外された切っ掛けがあったと思われますか、お海さん」

お海は駿太郎の問いに長いこと沈思して頷いた。

「お海さんには兄弟姉妹はおられますか」

駿太郎の問いを静かに受け止めたお海が、

「明朝、道場に稽古を見にいってようございますか」

と話柄を変えた。

「むろんですとも。こちらはお海さんのお店とお屋敷です」

「明朝、武道場に伺います」

とお海はこの話題を打ち切った。

小籐次と駿太郎は塩屋の客間で布団を並べて床に就いた。

ふたりの枕元にはそれぞれ愛刀の次直と一文字則宗や木刀があった。茂が三島丸に残した赤目親子の道中嚢《ぶくろ》の持物を届けてくれたのだ。

その折、茂に会ったのは駿太郎ひとりだ。座敷では話が続いていたからだ。

「三島丸は変わりありませんか」

「明日の荷下ろしの仕度はなったようだ。助船頭の弥七《やしち》が船倉の荷下ろしに二日は丸々かかろうな、と言っておった」

「となると、参勤行列を組んで森陣屋に向かうのは三日後ですか」

「そんなところかな。広島で別れた荷船が明日にも着くといいんだがな」

「それがしが手伝うことがありますか」

「交易の場に駿太郎さんはいないほうがいいでしょう。不快になっても馬鹿々々しいですからとの主船頭の言葉だ」

「分かりました」

と受けると、

「塩屋のほうがずっと気楽だな」

と言い残した茂が三島丸に戻っていった。

「父上、最上様や塩屋の当代方と森藩について話されましたか」

「聞けば聞くほどうんざりとする話じゃのう。物頭の最上どのにしても、ただ今の国家老一派の力には抗《あらが》えぬそうな。明日な、最上どのと近習頭の池端どのが対面するそうだ」

「おふたりは数少ない江戸藩邸派、いえ、殿様のお味方ですか」

「ということかのう。駿太郎のほうはなんぞあったか」

「お海さんとあれこれと話し合いました。お海さんはそれがしと同じ歳ですが聡明な娘御です」

「同い歳のそなたとお海さんならば、話が合おう。頭成のどこぞに案内してくれるなどという話は出ぬか」

「さような話はありません。明朝、武道場にお海さんが来られます」

「ほう、それほど剣術の稽古を見るのが好きか」

「いえ、武道場ならば、内密の話ができるとお海さんは考えられたのではありませぬか」

「なに、武道場で内密の話とな」

小籐次が訝しげな声音で問い返した。

「父上、塩屋さんの身内が何人か承知ですか」

「身内が幾人かじゃと。座敷の話し合いの場には隠居の籐八どの、主の聖右衛門さんに内儀の奈美さんの三人と番頭の要蔵さんの他に新たに加わった者はおらぬぞ」

「塩屋にはお海さんの他に兄弟姉妹がおられませんか」

「さような話は出なかったな。どなたか、身内がおられるのか」

「兄御がおられたようですが、少なくともただ今の塩屋さんにはその気配は見えませんね。その話を明日武道場で聞くことになろうかと思います」

「待て、待ってくれ」

と言った小籐次が布団のなかで向きを変え、

「お海さんの兄の存在が森藩の内紛と関わりあるというか」

「そこまではお聞きしておりません。ですが、話の流れからいって、不在の兄御が森藩の内紛と関わりがあると思われるのです」

「そうか、塩屋は単に交易から外されただけではないか」

「と、思えます」

「いよいよ厄介極まりないことに巻き込まれたな」

と小籐次が呟いた。

駿太郎はただ歳月を経た天井板を有明行灯の灯りで見ていた。すると小籐次の寝息が聞こえてきた。

（父上は歳をとられた）

と思った。

最上が塩屋を辞去する折、駿太郎は店の通用戸の外まで見送りに出た。なにか最上から話が聞けるのではと思ったからだ。

「最上様、父は御酒《ごしゅ》をたくさん飲みましたか」

「いや、天下の酔いどれ小籐次様にしては大酒ではなかったな。せいぜい二合、三合は飲まれておるまい。なにしろ決して愉快な話ではなかろうからな」

と最上が気の毒そうな口調で言った。

「そうですね。酔いどれ小籐次などという奇妙な異名が父にはついて回ります。つい座興で何升もの酒を飲みますが、そのときにはそれなりの曰くがあってのことです」

「千代田城の白書院で上様はじめ御三家、御三卿のお歴々を前に大杯で酒を悠然と飲まれたうえ来島水軍流の奥義を披露なされたとか。殿はお招きなかったと悔しがっておられましたぞ」

「その場に上様の御詰衆とそれがしも加わり、白い紙束を切って夏の雪を降らせました」

「なに、駿太郎さんも上様に拝謁されたか」

といささか驚きの表情の最上が、

「かような父子を相手に国家老どのはなにを為す気か」

と吐き捨てたものだ。

そんなことを思い出しているうちに駿太郎も長い一日の疲れにすとん、と眠りに落ちた。

四

未明、駿太郎は未だ寝息をたてている小籐次を残し、備前古一文字則宗と脇差、それに昨夜のうちに茂が届けてくれた木刀を手に広縁に出て、武道場を訪れた。

神棚に拝礼すると手に馴染んだ木刀で素振りを始めた。

物心ついたおりから成長に合わせて替え、ただ今の木刀で五本目か。常寸の三尺三寸より二寸は長かった。この木刀に替わって三年は歳月が経っていよう。長さ、重さの感覚を五体が覚えていて動きが一定になるように力を加えた。

だが、この朝、これまでと木刀の握りの感覚と動きが微妙に違うと思った。

（どうしたことか）

船の日々で稽古の量が減ったからかと思った。動きを止めて元の構えに戻した。振った。

やはり違うと感じた。

駿太郎はそのまま木刀の素振りを続けた。続けていけば違和感は薄れていくと思った。

無念無想。

ひたすら木刀を振り続けた。

不意に思い付いた。

大坂から乗った三島丸の船上での素振りが駿太郎のいつもの感覚を違うものに変えていないか。船の床は常に動いていた。その不安定な動きに駿太郎は無意識のうちに合わせる「癖」をつけたのか。

駿太郎は木刀での素振りを止めて、一文字則宗に替えてみた。

昨日、則宗で来島水軍流を塩屋の武道場の神棚に奉献していた。三島丸を下り、大山積神社に参ったあとのことだ。昨日と今日で、体調に変わりがあるのか。駿太郎はそんなことを思案しながら則宗を構えて序の舞を演じ始めた。

(やはりなにか違う)

中段に構えて一拍おいて上段に差し上げ、振り下ろした。刃風が違って聞こえた。いつもより早い、と思った。

となると昨夕と今朝の違いは何だ。昨日は三島丸を降りたばかりで揺れ動く船上の感覚が駿太郎の五体に残っていた。ひと晩、塩屋の客間に眠り、駿太郎の五体がなにかを思い出したか。

(船での稽古が感覚のなにかを変えたか)

脇構えから則宗を抜くと斜めに跳ね上げた。弧状に放たれた則宗が光に変じた。虚空を切り裂く刃が以前より速く粘り強いと駿太郎は感じた。

則宗の動きを制御できる力をぎりぎりまで加えた。

刃にねばりつくような力が伝わり、虚空を切り裂く速さが尋常ではなかった。動きを続けながら、駿太郎の頭に、

「刹那《せつな》」

という言葉が浮かんだ。

これまで父赤目小籐次の教えに従い、来島水軍流を学んできた。ゆえに駿太郎独自の技はない。それが船の稽古で駿太郎ならではの技が生じたのではないか。

ひたすら駿太郎は父から習得した来島水軍流の正剣十手を繰り返し揮《ふる》い続けた。

父小籐次が創案した技に駿太郎の速さが加わり、

「刹那の剣」

という駿太郎の生み出した技になったのではないか。

ふと人の気配を感じて駿太郎は技を止めた。

見所に隠居の籐八と孫娘のお海がおり、その傍らで小籐次が険《けわ》しい顔付きで見ていた。

駿太郎は床に坐すと神棚に稽古の終わりを告げる拝礼をなした。

「不覚にも皆さんのお見えに気付きませんでした。申し訳ございませんでした」

とだれとはなしに、己の迂闊《うかつ》を詫びた。

「昨日とは違った駿太郎さんの形相《ぎょうそう》に驚きました」

と言葉を洩らしたお海の傍らにはなぜか使い込んだ木刀があった。

「見たこともない剣技じゃったな」

と隠居の籐八も言い添えた。

だが、父であり、師匠の小籐次は無言を貫いた。無言になにか曰くがあると察したか、お海が、

「昨日、駿太郎さんがお問いの一件を話してもようございますか。稽古を続けられますか」

と質し、

「いえ、お海さん、今朝の稽古は終わりにします」

駿太郎は明快な口調で答えた。

「爺様と相談して赤目様父子にはお話しすべきだと考えが一致しました。ゆえに爺様が赤目小籐次様を武道場にお招きしました」

と三人がここにいる経緯を告げた。

「赤目様、駿太郎さん、お二方にはご迷惑な話ですぞ」

と籐八が言い訳した。

「森藩の政と関わりがございますので」

駿太郎の問いにお海がはっきりと、はい、と応じた。

「ならば迷惑もなにも、われら親子が森藩に招かれたときから、すでに関わって

いることでございますよね、父上」

駿太郎は、無言を続ける小籐次に質した。

小籐次は大きく首肯したが声は出さなかった。

駿太郎は、小籐次が胸に秘めている考えがなにかあってのことだと思った。

「爺様」

とお海が塩屋の隠居を促した。それに応じた籐八が、

「これにおる孫のお海には塩屋の九代目を継ぐべき兄、喜太郎《きたろう》がおりました。へえ、喜の一字を名につけたのは、八代目夫婦になかなか子が生まれなかったものですから、懐妊を聞いたときのわしの喜びを字にして名付けたのでございますよ。そして、幸運にも五年後にお海が生まれました」

と塩屋に跡継ぎがいたことを籐八が説明した。

駿太郎も小籐次も無言で話を聞こうとしていた。決して名のように喜ばしい話ではないと察していたからだ。

「兄は、一年半前、明後日は新年という夜、雪の降った町を見に行くのだと私どもに言い残して家を出ました。その折、兄は雪道の用心にと、杖代わりにこの木刀を携《たずさ》えておりました」

と説明したお海は、傍らの使い込んだ木刀に手を触れた。

駿太郎も小籐次も木刀の主に悲劇が襲ったことをはっきりと察していた。

「ええ、町じゅうに尺余の雪が積もっておりましてな、頭成でも珍しい大雪になりました。明け方になったにも拘わらず、喜太郎は家に戻ってこなかったのでございますよ。塩屋の跡継ぎたる喜太郎は、軽々しい言動は決してせぬ孫でした。明け方から奉公人全員が出て、喜太郎を探しましたんじゃ」

と説明した籐八の眼が潤んでいた。

「兄さんは、大雪の大山積神社の石垣の下で半分ほど雪に埋もれて見つかりました。すでに身罷《みまか》っていると見つけた奉公人には直ぐに分かったそうです」

お海がその折の哀しみを思い出したか、不意に口を噤《つぐ》んだ。

「あの高い石垣の上から落ちられたということですか」

駿太郎は、そのようなことはありえないと思いながらも、ふたりの哀しみを見て口を挟んだ。

「いえ、兄さんの肩口に深々とした刀傷がありました。兄さんは殺されたのです」

「なんとのう」

小籐次が武道場に入って初めて言葉を、呟きを洩らした。

「兄さんはこの武道場でよう稽古をしておりました。はい、時折、昨日うちにお見えになった物頭の最上様が兄さんに直心影流の基を教えておられました」

「塩屋の跡継ぎは剣術の稽古を為す習わしがございますか」

と駿太郎が質した。

「いいえ、格別船問屋の跡継ぎ、商人の倅《せがれ》ゆえ剣術を稽古するという習わしはありません。屋敷の一角にかような武道場を設《しつら》えたのはわしの爺様でしてな、森藩の家臣方の稽古場として造ったと聞いております。当代の主の聖右衛門は、この道場に滅多に入ることはなかったでしょう。じゃが、喜太郎は、親父とは反対に十二、三の折からこの場にきて木刀を振り回しておりましたのじゃ」

「最上様は、直心影流の遣い手なのですね」

駿太郎が籐八にともお海にともつかず問うた。

「森藩の剣術は浅川六郎兵衛《あさかわろくろべえ》先生直伝の直心影流と聞いております。最上様は浅川先生亡きあと、直心影流の師範代でございます」

とお海が答え、

「とはいえ、森陣屋の藩道場で、直心影流の稽古をする家臣はほとんどおらんそうな。最上様は殿様に近しいので、国家老一派の藩士方は習いたくないのでしょうな」

と籐八が言った。

ふたりの説明に頷いた駿太郎は、

「喜太郎さんは剣術の基を承知だったのですね。木刀を手にした喜太郎さんが、刀傷を負って石垣から落とされたか、雪の降った石垣の下に自ら飛び降りて、危機から逃げようとなされたか」

と意を決して推測を述べた。

「はい」

と答えたのはお海だった。

「森藩藩士でもない塩屋の跡継ぎの喜太郎さんを、いったいだれが殺したのでしょうか」

駿太郎の問いに籐八もお海も沈黙して間を置いた。口を開いたのはお海だった。

「頭成代官所のお調べがありました。それによりますと不運にも物盗りに襲われて殺されたのではないかとのことでした。しかしながら兄は家に巾着を残しておりましたし、この頭成で物盗りとも思えませせぬ」

お海は物盗りの仕業ではないと言っていた。

頭成は湊町だ。不逞の物取りが入り込んだことは考えられると駿太郎は一瞬思った。だが、お海ははっきりと顫を横に振り、籐八の表情も、さようなことはありえぬと告げていた。

「国家老一派の息がかかった者が殺したと思われますか」

「うちの跡継ぎが殺された。頭成ではそれしか考えられませんでな」

隠居の籐八が言い切った。

「ちと口を挟むがよいか」

と小籐次がわざわざ断った。

「赤目様、なんなりと」

と籐八が応じた。

「喜太郎さんが身罷った一年半前、国家老一派と塩屋の関わりは、決して良いものではなかったと見てよいな」

「はい。この三年ほど前から森藩の交易に全くと言っていいほど塩屋には声が掛かりませんでした。それ以前は、頭成の船問屋では、うちの取引きが一番多うございましたがな」

と籐八が悔しそうな口調で応じた。

「とは申せ、塩屋の跡継ぎは十六、七歳、さような若い衆を殺す曰くが国家老一派にありましたかな」

小籐次の問いに籐八がお海を見た。

しばし間があって、

「兄さんは、お父つぁんと違って険しい気性でした。しばしば『おれが塩屋の主になったら国家老一派の好き放題にはさせぬ』などと口にすることがございました。婿養子のお父つぁんは、商いも人との付き合いも穏やかです。兄さんはお父つぁんの大人しい気性に苛立っていたのかもしれません」

「とはいえ、最前も申したがまだ大人にもなり切らぬ若い衆を国家老一派が狙ったであろうか」

と小籐次が重ねて疑問を呈し、

「喜太郎を手に掛けたのは、藩の家臣ではありますまい」

と籐八がはっきりと答えた。

「国家老一派の助勢を受ける小坂屋方に、不逞の輩《やから》がおるといわれるか、ご隠居」

小籐次が問うた。

「船問屋は交易に際して海賊に襲われることがあると称して、小坂屋には新頭成組なる剣術家や荒らくれ者の一派が雇われておりますでな。首領分は神道無念流の免許皆伝を自慢する朝霞八郎兵衛《あさかはちろべえ》でしてな、この大男の配下に二十数人の面々がおりますのじゃ。むろん、こやつども、国家老嶋内主石様が暗黙裡に認めた殺し屋です」

と籐八が言い切り、

「赤目様と駿太郎さんのことを気にしているのはこの連中です。そして、兄さんも朝霞八郎兵衛に殺されたのです」

とお海が言い添えた。

駿太郎はお海の顔を見た。視線に気づいたお海が、

「兄さんが死んだ直後、正月の酒に酔った朝霞が、自慢の刀を一統に見せびらかしながら、『塩屋の跡継ぎを始末したのは、この肥後同田貫上野介《どうだぬきこうずけのすけ》じゃ』と言い放ったのを聞いた者がおります」

駿太郎は頷きながらも長いこと沈思した。

「喜太郎さんが新頭成組一派に殺されたのは確かですね。それにしても跡継ぎの

喜太郎さんを殺したのは船問屋塩屋さんを潰す心算でしょうか」

「駿太郎さんは、兄さんを殺した理由が他にあると思われるの」

「さあ、昨日、この頭成に着いたばかりのわれら父子には分かりません」

と顔を振った。

小籐次はふたたび黙り込んで、三人の問答を聞きながら思案しているように見えた。

「頭成の船問屋は代々うちが一番手、二番手が富士屋さん、三番手が和泉屋でした。小坂屋は、この十数年の間に力をつけてきた新入りでしたわ。それがいまや」

と籐八が、言わずもがなか、口を閉ざした。そして、長い沈黙のあと、

「殿様の腹のうちがよう読めませんのじゃ」

と呟いた。

もはやその言葉に応じる者はいなかった。小籐次も駿太郎も籐八の呟きがよく分かった。それだけに安直な応対はできなかった。

そのとき、海の方角から、

「荷船が着いたぞ」

という叫び声が聞こえた。

「父上、物見台から荷船の到着を見物しませぬか」

と駿太郎が勧めた。

「おお、そうさせてもらおうか」

と小籐次が救われたように言って見所から立ち上がった。

「赤目様、わしがご案内しましょうかな」

隠居の籐八が小籐次にいい、武道場を出たふたりの年寄りが二階の物見台へと上がっていった。その場に残ったお海が駿太郎に問うた。

「稽古を続けられますか」

「お海さん、兄御の非業の死を聞いたら、体を動かしとうなりました。稽古を再開してようございますか」

「駿太郎さんは剣術がほんとうに好きなのね」

「没頭できるのはこの道だけです」

と答えた駿太郎が、

「お海さん、兄御の敵《かたき》を討ちたいのですか」

と単刀直入に聞いた。

しばし沈黙したお海が、

「そんな気持ちがないわけではありません。でも、わたしたちの手ではどうしようもありません。うちが村上水軍だったのは二百年以上も前のこと、久留島の殿様のご先祖とともにこの頭成に引っ越して以来、交易商人として暮らしてきましたから」

お海の返答を駿太郎はとくと吟味した。

「お海さん、闘いが恨みを晴らすためであれ、剣術家同士の立ち合いであれ、負けた者の恨みは、後々まで残ります。喜太郎さんが埋不尽な仕打ちで殺されたとして下手人が誰かといえば、朝霞八郎兵衛でしょうね。朝霞を何者かが塩屋さんの意向を受けて斃《たお》したとして、お海さんの気持はすっきりしましょうか」

「駿太郎さんは、無益と申されますか」

お海の顔に怒りとも戸惑いともつかぬ表情があった。

「無益かどうか駿太郎には分かりません。ただお海さんの胸の悩みが晴れるとは思えないのです」

しばし間を置いたお海が、

「どうすればわたしのもやもやの気持は消えるの。塩屋の身内や奉公人たちはこれからも長い歳月を耐えよと駿太郎さんはいうの」

「いえ、それがしはさようなことは言っていません。それがだれであれ、人の死の哀しみは、その者を殺《あや》めた者の命では取り戻せないということを言いたかっただけです。それでも」

「それでも、どうなの。駿太郎さん、力を貸してもらえますか」

駿太郎は瞑目《めいもく》した。

一瞬の間であった。

「お海さん、畏まりました」

「えっ、駿太郎さんはわたしの願いを聞いてくれるの」

お海の返答には驚きがあった。

「それが真の願いなら朝霞八郎兵衛と剣術家同士の対決として、それがし、立ち合いましょう。ただし、それがしが生き残るとはかぎりません。それがしが負けた折は、お海さん、お許しください」

お海の顔が歪んで苦悩が覆った。

「駿太郎さん、わたしのために助太刀をするというの」

「小坂屋の命があったにしろ、喜太郎さんを朝霞なる者が殺したとしましょう。

さような剣術家をそれがし、許すわけにはいきません。命をかけても戦う理由は、剣術家の端くれのそれがしにはあります」

「わたし、分からなくなった。駿太郎さんの考えが」

「それが剣術家の生き方であり死に方だからです」

「駿太郎さんは十四歳の今までさような立ち合いをしてこられたの」

「はい、幾たびか」

「で、生き残ってこられた」

「次も生き残るとはかぎりません」

お海は、駿太郎の繰り返しの言葉に黙り込んでしまった。

駿太郎は、一文字則宗を手に武道場の真ん中に立った。

「来島水軍流、新技刹那の剣」

と宣告した駿太郎は、独創の技を揮い始めた。

お海が黙然と駿太郎の刃さばきを凝視していた。

十四歳の若者と娘、ふたりの眼前に、

「生き方と死に方」

という命題が重くあった。

第二章　剣術とは

一

駿太郎は、この日二度めの稽古を終えた。

いつしかお海の姿は武道場から消えていた。

そこで駿太郎は二階の物見台に上がっていった。すると小籐次が独りぽつねんと頭成の海を見ていた。

駿太郎は父の背に声をかける前、三川河口の船入に摂津大坂で見た三島丸の従船、荷船二隻が停泊して、すでに荷下ろしが始まっているのを確かめた。

「駿太郎、頭成の内海は見飽きぬな」

小籐次が後ろを振り向くことなく声をかけてきた。

「はい」

「森藩にとって、いや、久留島家にとって飛地頭成は得難い湊よのう。この頭成があるゆえに殿様は、村上水軍の末裔《まつえい》である矜持を保っておられるわ。そして、わが先祖も来島水軍流を伝承してきたのだ」

駿太郎は父の傍らに立って、いっしょに改めて海を見た。

伊予灘の遠くに陸影があった。どこの島か分からなかった。

「最前、そなたが熱中していた剣技を父は初めて見た」

「父上の独創の来島水軍流の正剣十手にも脇剣七手にもなき技です。新たな一手に加えてはなりませぬか」

駿太郎の問いに小籐次が黙した。

「父上があれは来島水軍流ではないと申されるならば」

「どうしようというか」

「いえ、どうしてよいか分かりませぬ」

「来島水軍流は、わが先祖が一子相伝として伝えた素朴な村上水軍流の剣技が基であったわ。それをわしがああでもなかろうこうでもよかろうと創り上げたのが正剣十手よ。つまりは先祖とわしの合作かのう。そなたはあの剣技に名をつけたか」

「刹那の剣という考えが頭に浮かびました」

「ほう、刹那の剣な、名のとおり凄みのある大技よ。駿太郎、刹那の剣の技ひとつで、父が編んだ来島水軍流の剣技十手を超えておる。刹那の剣一《いち》ノ太刀《たち》とせよ」

と小籐次は、来島水軍流とは異なる新たな流儀の名を与えた。

「父上、刹那の剣一ノ太刀は、かつて来島水軍の先祖が活躍した伊予の海がそれがしに授けたものにございます」

「どういうことか」

三島丸の船上で揺れざるを得ない体が自然に覚えた動きだと駿太郎は説明した。

「そうか、あの下半身の動きは伊予の海が授けたものというか」

「そうとしか考えられません」

「伊予の狂う潮《うしお》が刹那の剣を生んだか」

「はい」

父と子の問答はしばし絶えた。長い沈黙のあとで父が、

「歳はとりたくないのう。赤目小籐次、老いたりじゃ」

とぽつんと呟いた。

駿太郎は、父の脳裏にはなにか別の考えがあって、そのような言葉を洩らしたと思った。

「忘れておったわ」

「なにを忘れていたと申されますか」

小籐次の眼差しは三島丸や荷船から荷下ろしをする小坂屋の奉公人とそれを指図する森藩家臣、いや、正確にいうならば国家老嶋内主石一派の面々を見ていた。

「交易商にして船問屋の小坂屋金左衛門《きんざえもん》は、わしと関わりがあったわ。正確にいえば、池端恭之助とわしは、関わりがあったことに最前気付いたのよ」

「父上、小坂屋の娘御を父上が手にかけたと小坂屋の用心棒の大安の虎之介から聞かされました。そのことでしょうか」

「おお、そのことよ。二年ほど前かのう。殿が参勤上番の折、若い娘を同行してきたことがあったわ。情を交わした女子《おなご》を参勤行列に同道させるなど、公儀が知ったらえらい目に遭おう。森藩取潰し、殿切腹を命じられても致し方あるまい。そのことを案じた近習頭の池端恭之助がわしに相談したことがあった」

父の回想の事実についていまよりも幼かった駿太郎は、あまりよく覚えていなかった。そして十四歳の倅に「情を交わした女子」の話を父は聞かそうとしていた。二年前の出来事は、森藩の秘密であったのではないかと駿太郎は考えた。

その秘密を小籐次が語り始めた。

「江戸藩邸の奥方様に内緒でな、下屋敷に留めおかれた女子の我がままぶりに下屋敷用人の高堂伍平《たかどうごへい》様も困っておられた。わしは久慈屋の大番頭観右衛門《かんえもん》さんに相談し、阿蘭陀《オランダ》人の長崎商館長一行が宿泊する本石町三丁目の旅籠《はたご》の長崎屋に女子と下女のふたりを移させ、森藩とは一見関わりがない体《てい》をとった」

長崎屋の名を聞いて、駿太郎はなんとなく思い出した。

「あの界隈《かいわい》は下屋敷と異なり、賑やかですよね」

「おお、江戸を見たくて殿を籠絡《ろうらく》した女子の采女《うねめ》は、日本橋に近い長崎屋がえらく気に入ってな、今日は芝居見物、明日は料理茶屋と贅沢のかぎりをつくしていたがな、これには遊び好きの藩士、御納戸役の国兼鶴之丞《くにかねつるのじょう》なる者が案内方を勤めておったのだ。というのも藩は参勤交代にあたって小坂屋に費《つい》えを融通させておるから、商人の娘を疎《おろそ》かにできなかったのよ。采女なる娘、家よりたっぷりと金《きん》子《す》を携えてきておったそうな。これが災いを生んだ」

その最中、小籐次が小舟から転落して行方知れずになるという新たな大騒ぎが起こり、采女の放蕩話は影が薄くなった。

なにしろ小籐次が身罷《みまか》ったとされ、弔《とむら》いの話まで出た大騒ぎだった。この騒ぎは、北町奉行所から頼まれて探索を手伝うために小籐次がうった大芝居だった。読売屋の空蔵《そらぞう》が派手に小籐次の死の真相と存命を書き立てた。

この大騒ぎが静まった頃合い、長崎屋に投宿していた采女と案内方の国兼鶴之丞が手に手を取り合って、どこぞへ姿を暗ますという出来事がおこった。

この森藩を見舞った奇禍《きか》、川崎宿の六郷河原で国兼の斬り殺された骸《むくろ》が発見されたことで、小籐次に助勢が求められた。ともあれ、国兼の骸は森藩下屋敷が引き取って弔いをなしたが、采女は生死もわからなかった。

森藩藩士の国兼鶴之丞の野暮天ぶりに呆れた采女は、どこでどう知り合ったか、女衒《ぜげん》まがいの鹿島神道流の剣術家橘寿太郎《たちばなじゅたろう》に乗り換えていた。そこで邪魔になった国兼を采女の懐《ふところ》の金子が目当ての橘寿太郎に頼んで斬殺し、隣の神奈川宿に逗留していたのだ。

この経緯と結末がどうなったか駿太郎は知らなかった。

「愚かな話の愚かな結末よ」

と小籐次が吐き捨てるように言った。

「小坂屋の一人娘じゃが、采女もな、池端どのとわしの前で橘寿太郎に殺されよったわ」

「なんと」

「この橘寿太郎と尋常勝負にて勝ちを得て、国兼と采女の無念を晴らしたのが近習頭池端恭之助であったのだ」

「なんと池端様が」

「おお、見事な来島水軍流の漣《さざなみ》の技であったぞ」

と小籐次が言った。

駿太郎は、池端が修羅場を潜った経験があることに驚いた。そして、その場にいたらしい父が池端の助勢をなにもしなかったのか、と思ったがその疑いを口にすることはなかった。

「池端恭之助どのにとって森藩の存亡に関わる騒ぎじゃ、騒ぎが表沙汰になれば御家断絶は免れまい。初めての真剣勝負、池端どのは命を捨てた一撃で見事藩を救い、采女の無念を晴らしたのだ」

「お待ちください、父上。となれば、父上や池端様が感謝されることはあっても小坂屋に恨まれる筋合いはありません」

「ないな」

と言い切った小籐次が二年前の騒ぎの結末を思い出し、

「采女には、いつきという名の下女が従っていた。采女の骸に対面したいつきに池端恭之助どのが死の真相を懇切丁寧に話したうえで、采女の父親金左衛門に事の次第を告げる文を書いてくれぬかと願ったのだ。いつきも当然承知した」

「父上、いつきさんは頭成には戻らなかったのですか」

「長崎屋から采女と国兼が行方を暗ましたとき、いつきは放っておかれた。そんな仕打ちを受けたいつきは江戸に残って長崎屋に奉公したいといったのだ。そんな経緯もあって池端恭之助が文をいつきに書かせた。わしはもはやあの騒ぎは決着がついたと思うていた。だが、どこでどうねじ曲がったか、この頭成では、駿太郎、そなたとわし、池端恭之助どのの三人とも小坂屋の敵のように思われておらぬか」

「そうですね、それがし、昨日、小坂屋の出入りのやくざ者に襲われました。その新頭成組なる面々が池端様を襲うことも考えられます」

と応じた駿太郎がしばし熟慮した。

「父上、小坂屋の金左衛門様に父と池端様が直《じか》に会い、采女さんの死の真相を改めて告げられるのが大事かと思います」

「それしかあるまいな」

駿太郎の言葉に即座に小籐次が賛意を示した。

父子は塩屋の番頭の要蔵に小坂屋を訪ねることを告げた。すると要蔵がしばし沈思し、

「この一件、二年も前のことですが、娘の骸が頭成に戻ってきた時の小坂屋一家の大騒ぎと憤怒ぶりからすれば容易《たやす》く納得するとは思えませんな」

と言った。

「下女のいつきや神奈川宿の役人らの文で小坂屋が得心したと思うたが、いささか甘かったか。金左衛門どのに会うのは無益かのう」

「いえ、無益とは申しません。ですが、小坂屋金左衛門さんが赤目様の説明に得心するかどうか」

と首を傾げた。

「さて、どうしたものか」

「采女さんの墓所は、森藩と縁の深い覚正寺です。墓に参られ、御座屋敷にお

れる殿様の出馬を願われてはいかがですかな」

「要蔵どの、この話、殿も関わっておられるのだぞ」

「はい。采女さんの一件が発端です、とくと私も承知しています。頭成では殿様の参勤交代に同行したのは、采女さんが江戸に行きたい一心の浅知恵とだれもが承知です。その殿様が金左衛門の旦那にかくかくしかじかと説くしか手はありますまい」

と要蔵が言った。

小籐次はしばし考えた末に、

「まずは池端どのと会おう」

と答え、要蔵も納得した。

小籐次と駿太郎父子は、覚正寺の采女の墓所に線香を手向けて合掌し、胸中で一連の騒ぎを振り返った。そのうえで小籐次は、

「駿太郎、この話にそなたが立ち会うのは殿様のお立場もあろう。遠慮せよ」

と言った。

駿太郎も話が話だけに素直に、

「はい」

　と返事をして船入にて三島丸や荷船からの荷揚げを見物することにした。

　一方、御座屋敷の控えの間で近習頭の池端恭之助に面会した小籐次がこれまでの経緯を告げると、

「ううーむ」

　と唸った池端が、

「それがしもなんとなく采女の一件は気になっておりました。ですが、赤目様もそれがしも采女になんぞ為したわけでもなし、と安易に考えてきました。あの折、それがし、一生に一度の戦いと覚悟して橘寿太郎と立ち合いました」

「おお、見事な勝負であったわ」

「見事かどうかは存じませぬが、ある意味、采女の仇討ちをそれがしが為したのはたしかです。ゆえに小坂屋に恨まれるおぼえは一切ございません」

「おお、わしも同じ考えゆえ、殿にお力を借りたくお目どおり願っておるのだ」

　と小籐次は言った。

　池端が考え込んだ。そして、

「赤目様、今さら殿のお口から小坂屋に経緯を説いたところで効き目があるとは思えません。たしかに殿は采女が江戸に出た件について深い関わりを持っておられるが、江戸に出たあと、付き添い方を命じられた江戸藩邸の納戸役国兼鶴之丞と采女は駆け落ちして、殿は顔に泥を塗られたのですぞ。今さら、国許の頭成で改めて殿に恥をさらさせるなど近習頭としてはどうも納得できません」

と応じたものだ。

「たしかに池端どのが申されるとおりかな、何年も前の話を蒸し返すわけにはいかんか」

と小籐次も気付かされた。

「で、ございましょう」

「どうしたものか。このままにして森陣屋に発ったとせよ、小坂屋は森陣屋にも勢力を張っておろう」

「はい。あちらは国家老一派の本拠地ですからな。厄介ごとを先送りするだけです」

と言い切った池端が、

「どうでしょう。まず、赤目様とそれがしが小坂屋金左衛門に会って縷々《るる》あの騒ぎの経緯を告げるというのは」

長いこと小籐次は沈思した。そのうえで、

「それしか手はないか。わしはなんの手出しもしておらんのだがな」

「そう申されますな。赤目様とそれがしが采女の死の場に偶然にも立ち会ったのはたしかですからな」

と言い返された小籐次は、池端恭之助とふたり小坂屋金左衛門に会うことにした。

ふたりが小坂屋を訪ねると店は船下ろしした荷でごった返し、そのなかで奉公人や新頭成組と称する用心棒の一員と思える面々の敵意の目がふたりに集中してきた。

だが、新頭成組の一味とて衆人環視のなかでふたりに手出しはできないようで、大番頭の壱右衛門《いちえもん》が、

「旦那様は三島丸におられます。どのような用事か知りませんが池端様、旦那様がお会いになるとは思いませんがな」

と言い切った。

小坂屋を出たふたりが三川河口の船入に行くと、駿太郎と水夫の茂が短艇の上

で話しているのが目に入った。

「父上、小坂屋の主は三島丸におられるそうですよ」

と茂から聞いたか駿太郎が言った。

「ただ今、番頭からきいたわ。行きがかりじゃ、池端どのとふたりな、小坂屋金左衛門どのと会おうと思う」

と小籐次がいうと茂が、

「ならば送りますぞ」

船入前の海に停泊している三島丸まで送ると申し出た。

ふたりを乗せた短艇が船入を出ようとしたとき異国式の櫓を握った茂は、

「駿太郎さん、しばらく待ってな。すぐに戻ってくるからよ」

と言い残していった。

三島丸の船倉の荷はほとんど下ろされたか、荷下ろしは荷船に集中していた。

池端も小籐次も森藩の御座船や荷船に積まれた荷の大半が小坂屋の扱いであることを改めて見せられて複雑な気持ちになった。

左舷側に掛けられた縄梯子を伝って三島丸の主甲板にふたりが上がると、小坂屋の用心棒集団、新頭成組の面々がふたりを険しい目付きで迎えた。

茂の小舟はふたたび船入に戻っていった。

「何用か」

と新頭成組の武芸者が小柄な年寄りの小籐次と近習頭を横柄な口調で迎えた。

「そのほうこそ何用か。この船は森藩の御座船じゃぞ。不逞の輩が乗るなど許されぬ」

と池端が近習頭の威厳で言い返した。

「不逞の輩と抜かしおったか」

と抗う構えを見せた用心棒に、

「森藩の近習頭様と殿様の正客赤目小籐次様に失礼をな、わしの船ではさせないぜ」

と艫矢倉の舵場から声が降ってきた。むろん三島丸の主船頭の利一郎だ。

「抜かせ、船頭風情が」

「おお、船頭風情で悪いか。だが、船はわしらの持ち場だ、新垣さんよ、おまえさんらこそ船をさっさと下りねえか」

と言い放ち、

「船頭、荷は小坂屋のものばかりじゃぞ。われらは小坂屋の雇い人である。雇い人が荷を守ってどこが悪い」

と新垣某が言い返した。

三島丸の乗組みの船乗りたちと新頭成組が一触即発睨《にら》み合った。そこへなんと三島丸の御座所から新たな用心棒が姿を見せて、

「なにを騒いでおる」

と叫んだ。

「おめえさんの名はなんだったかね、小坂屋の旦那と御用人頭の水元《みずもと》様の腰ぎんちゃくさんよ」

「船頭、悪口雑言を吐きおったな。それがし」

と言いかけた相手に、

「淀川三十石船で会うたときはたしか『禁裏同朋衆如月右京成宗《きんりどうぼうしゅうきさらぎうきょうなりむね》』とご大層な名を名乗らなかったか」

と小籐次が言い放った。

「おのれ、覚えておったか。淀川では嵐のせいでつい不覚を取ったが、頭成では事情がことなるわ。赤目小籐次、背高のっぽの小童《こわっぱ》はどこにおる。今度は許さぬ」

と虚勢を張って叫び、それに呼応した新頭成組の面々が戦う構えを見せた。

「父上、この場はそれがしにお任せくだされ。池端様とどうぞ御座所にお通りください」

との声がして、茂の小舟に乗ってきたか、左舷側の船べりを軽々と乗り越えて、木刀を手にした駿太郎が姿を見せた。

二

「駿太郎、この場の始末、頼もうか」

と小籐次が応じて、

「如月、そのほうらの相手はわしの倅ひとりで十分じゃ」

と言い添えた。

駿太郎が小籐次と池端の前に入り込み、

「淀川では嵐で立ち往生している三十石船に松明《たいまつ》を放って多くの人々を殺そうとされましたな。あの折の所業、許し難し。如月某どの、小童が相手しますぞ」

と片手に握った木刀を構えた。

「おのれ」

と如月が抗おうとする傍らから功を焦った新垣が刀を抜き、

「ご免、如月どの」

と叫びながらいきなり駿太郎に斬りかかってきた。

駿太郎は、如月某に怒りを告げながらも、従者の新垣の表情と仕草を見て、待ち構えていた。相手の動きに合わせて踏み込むや、手に構えた木刀を喉元へと突き出した。

何千何万回と繰り返してきた業前だ。滑らかな動きで常寸より長い木刀が新垣の攻めの寸前に喉をあっさりと突き、

ぐうっ

と呻いた新垣がその場に崩れ落ちた。

「な、なんと」

と立ち竦《すく》んだ如月某の傍らで、

「父上、池端さん、どうぞお通り下さい」

と駿太郎が言いながら艫矢倉下の御座所を指し示した。

「駿太郎さんよ、有象無象《うぞうむぞう》相手にわしらが出る要はないか。こちらは見物させて

もらおうかのう」

舵場から利一郎ののんびりとした声がした。

「はい、仰せのとおり三島丸の勇猛果敢な船乗りの方々の助勢は要りませぬ。それがしが相手します。なにしろ淀川三十石船の船頭衆や乗合客方の恨みがございます。手下を放り出して己ひとり逃げた如月某を本日は見逃しにはしません」

　と言い放った駿太郎が木刀を両手に構えて、立ち竦んでいる如月に迫った。

「ほうほう、駿太郎さんよ、そやつ、手下がやられたのを見て、ひとりだけ逃げやがったか」

「助船頭の弥七どの、この者、嵐の最中にいかにもさような振舞でした。如月どのは新頭成組とやらのお偉いさんですか」

「小頭、と役職をもらっているようだがな、大言壮語のわりには腕は大したことはないとみているがな」

　と老練な助船頭が言い放った。

「技量もさることながら、魂胆が卑怯未練な輩です」

　駿太郎の挑戦的な言葉を聞いた如月右京は刀の鯉口を切らざるを得なくなった。

「者ども、こやつの話は虚言じゃぞ、われら一統を仲間割れさせようという企みじゃ。一気に取り囲んで斬り伏せよ」

と命じた。

だが、如月の言葉に応じた仲間はだれひとりいなかった。目の前で駿太郎と弥七らの言葉を聞いて、感ずるところがあったからだろう。

「まずは小頭どのが手本を見せてくだされ」

と及び腰の仲間のひとりが言った。

「おのれら、さようなことで新頭成組の役目が果たせると思うてか。もはや小坂屋から俸給など受け取れぬと知れ。いや、この場からとっとと立ち去れ」

と如月が叫び、

「小頭、われら四人、この勝負、見物してから出方を決めまする」

と最前のひとりが応じた。

「ということです。如月右京どの、それがしと一対一の勝負ですぞ。最前申した曰くでそれがし、大いに立腹しております。新垣どのには手加減しましたが、そなたは許しませぬ」

と言いながら駿太郎は、荷がなくなって広々とした主甲板を後ずさって間合いを空けた。

「おい、如月なにがしよ、そう駿太郎さんが言っているんだ。自慢の禁裏同朋衆の剣術とやらをとくと見せてくんな」

左舷に立っていた茂が言い放った。

もはや如月右京は逃げ場を失い、仲間にも頼れなかった。

「小童、大言壮語許さぬ」

細身の刃を抜いて下段に構えた。

その構えを見た駿太郎は、如月右京がそれなりに修羅場の場数は踏んでいると察した。

正眼の木刀と珍しくも下段の剣との対決になった。

間合は一間半。

長い対峙になった。

なにしろ駿太郎は勝負を急ぐ理由はなかった。

一方如月はだれひとりとして仲間の助勢もなく、対決の時が長くなればなるほど、気持ちの上でも不利だった。

「どうなされますな、如月どの」

駿太郎は誘いかけながら、正眼の構えを左脇構えに移した。

それを見た如月も下段の剣を左の脇構えに構え直した。
珍しくも脇構え勝負になった。
如月の真っ赤な顔が青白く変わり、両眼が細められた。
駿太郎は、
（刹那の剣一ノ太刀を三島丸の主甲板で使ってみるか）
と咄嗟《とっさ》に思った。
内海で停泊した船は緩やかに揺れていた。
駿太郎は、その揺れに五体を合わせた。
如月は駿太郎から仕掛けてくる気配がないと見たか、不意に突進してきた。
細身の剣が生死の間に踏みこんだところで躍った。
駿太郎は刹那の刻を待った。
ただ待った。
如月の刃を右の腰に感じたとき、駿太郎の木刀が船の揺れに合わせてようやく動いた。
一見緩やかすぎる動きに舵場の利一郎も弥七も、
（遅い、遅すぎる）

と危惧した。

変転、木刀の動きが光に化けた。

次の瞬間、ごつん、という鈍い音とともに如月右京の腰が砕けて横手に、右舷へと飛んでいた。悶絶《もんぜつ》した如月の手から剣が虚空に舞い、海面に落ちていった。

三島丸の船上を沈黙が支配した。

「如月右京、もはや剣術家として生きる道はない」

駿太郎が非情な宣告をなした。


この勝負より前、赤目小籐次と池端恭之助のふたりは、御座船三島丸の藩主の御座所に控えの間から扉を開いて入った。

ふたりの知る御座所は畳敷きの座敷だった。だが奥の間はまるで異人館の部屋のようであった。さすがに長崎で造船された和洋折衷の三島丸は豪奢だった。

小籐次は内装をちらりと見ただけで、

(森藩の内所は貧乏ではのうて豊かなのか)

と戸惑った。

小籐次は視線をその場に集う面々に移した。

大きな卓を囲んだ、御用人頭水元忠義《ただよし》と船奉行三崎義左衛門《みさきぎざえもん》の馴染みの面々の他、小坂屋金左衛門と用心棒の長と思しき剣術家の顔が小籐次を見た。

主甲板の騒ぎなど聞こえないほど御座船三島丸はしっかりとした造りだった。

ために駿太郎と如月らの対決に気付かなかったのだろう。

楕円の大きな卓に布包みがいくつも並び、小判が何百両も積まれていた。

「ほう、この場は森藩藩主久留島通嘉様お一人の御座所と思うたがのう」

小籐次が言いながら、布包みのひとつが開けられて白い粉が奉書紙の上に散っているのを見た。

どうやら阿芙蓉《あふよう》、阿片かと小籐次も池端も推量した。だが、森藩も関わることゆえ小籐次は見て見ぬふりをして口にすることはなかった。

「厩番赤目小籐次、池端恭之助、そのほうら、何用あって森藩の交易の場に顔を出しおったな」

と水元がふたりを恫喝《どうかつ》した。

その声を聞いた小坂屋の用心棒の頭が円卓に立てかけた豪刀に手を伸ばした。

刀の拵《こしら》えからこの者が新頭成組の首領朝霞八郎兵衛であろうと小籐次は察した。

「それがしと近習頭池端どのは、小坂屋金左衛門どのに用があって参ったのじゃがのう。交易の場では話ができぬか」

　と小籐次が穏やかな声音で言い、

「何用ですな、この小坂屋、そなた様に恨みこそあれ、話などする要はありませんがな」

　と金左衛門が拒んだ。

「そなたの申す恨みについてじゃ。われらふたりとそなたの考えの間には大いなる誤解があるようでな。つまりそなたの娘御采女どのの死について、勘違いをしておるようだな」

「誤解や勘違いは小指の先ほどもございませんな」

　と金左衛門が言い放った。

「数年前のことじゃが、思いだしてくれぬか。東海道神奈川宿で身罷った采女どのの骸といっしょに采女どのの下女だったいつきさんからと調べを担当した役人どのの書状がそなたのもとへ届いていよう。あの文に書かれたことをそなた、信ぜぬか」

「信じませぬな。下女のいつきがそなたらに脅されて認《したた》めた文などなんら信頼に足りませせぬ。なぜ、いつきは采女の骸といっしょにこの頭成に戻って、主の私に直に報告せんのです」

「そこよ、そなたが不審に思うても不思議はないな。だがな、いつきはあの折、頭成には戻りたくない曰くがあったのだ。采女どのといっしょに泊まっていた旅籠長崎屋で奉公するので、江戸に残ると強く願ったのよ。いまもいつきは長崎屋で働いておるわ。この旅籠、船問屋の主のそなたなら承知であろう。阿蘭陀商館長が江戸に出てきた折に宿まる江戸指折りの旅籠よ。そなたがわれらの話を聞いても不審に思うならば、書状にて問い合わせればよかろう」

しばし考えた小坂屋金左衛門が、

「赤目小籐次様、そなた、なにしにこの頭成に参られましたな。娘の死に言い訳を為すために参られましたか」

と話を変えた。

「そなたもすでに聴き及んでいよう。殿の久留島通嘉様に、わが先祖の縁のある森陣屋に招かれたのだ。わしはそなたの娘御の悲運をな、迂闊《うかつ》にも忘れておってな。頭成に参ってから、小坂屋とは采女どのの実家であったかと思い出したのだ。そこで倅といっしょに覚正寺の娘御の墓所に最前参ってきたところだ」

「さようなお為ごかしは聞き入れられませんぞ」

「小坂屋、すまんがわしと池端どのの話をとくと聞いてくれぬか。娘御の死にはわれら一切関わりないわ。そなた、わしらに憎しみを感じておるようだが誤解じゃぞ」

と言う小籐次に池端も、

「小坂屋金左衛門、赤目様がそなたの娘の死に関わるようならば墓所にぬかずいて手を合わせられると思うてか」

と言い添えた。

金左衛門の口の端がぴくぴくと動いていた。

「小坂屋、娘御の死の場にわしも、この近習頭の池端恭之助どのも偶《たま》さか立ち会ったのはたしかだ。繰り返すがわしも池端どのも采女どのに危害を加えた覚え一切なし。それればかりか」

と言いかけた小籐次に金左衛門が、

「そこまで申されるならいいでしょう。天下の武人赤目小籐次様がこの小坂屋金左衛門を納得させうるというのなら、後刻、わが屋敷で改めて説明してもらいましょうかな」

と言った。

用心棒の頭分の朝霞八郎兵衛がなにか口を挟もうとしたが仕草だけで主が黙らせた。

御座船三島丸を使い、阿芙蓉と思える品まで売り買いする場に藩主の通嘉と親しい小籐次と近習頭の池端両人をこれ以上長居させるのは、小坂屋金左衛門もまた拙《まず》いと思ったか、態度を変えたのだ。

さすがに頭成の老舗の塩屋らを差し置いて、森藩の交易に一代で入り込んだ商人だった。この場の状況と雰囲気を読んでの変わり身だった。

「よかろう。今宵でも構わぬか」

「いいでしょう。わが店に六つ半(午後七時)時分にお出でなされ。参られるは、赤目様おひとり」

「いや、わし以上に采女どのの死に関わった池端恭之助どのの話を聞くべきだぞ。そのようなわけで池端どのは同道致す」

と小籐次が言い切った。

「仕方ありませんな。おふたりだけですぞ」

「承知した」

小籐次は池端とともに御座所から三島丸の主甲板に出た。ふたりに朝霞八郎兵衛がついてきた。

「父上、話は済みましたか」

と駿太郎が質した。

「今宵六つ半にわしと池端どのが改めて小坂屋を訪ねることになった」

と告げた小籐次は、

「こちらの騒ぎはどうなった」

「小坂屋の用心棒のふたり、新垣某と如月右京が怪我を負いました。ゆえに茂さん方が頭成の医者のもとへ運んで治療を受けさせております」

と報告するのを聞いた朝霞が舌打ちした。

「だれが怪我をさせたというか」

とだれとはなしに問うた。

「それがしです」

「赤目小籐次の小倅とはそのほうか」

「いかにもさようです。ところでそなたはどなた様でございますか」

「朝霞八郎兵衛である。なんぞ知りたいか」

「ほう、そなた様が新頭成組なる用心棒一味の頭分でございますか。ならばふたりだけで話がございます」

駿太郎は父の小籐次に頷きかけると舳矢倉へと歩いていった。

朝霞は駿太郎の誘いに乗り、従ってきた。

舳矢倉付近にはふたりの他、人はいなかった。

「小僧、魂胆がありそうな誘いじゃな」

「はい。ございます」

「なんだ、曰くは」

「わが父もよう他人様から頼み事をなされますが、それがしも、とあるお方に頼まれごとを致しました。そなた様と剣術家として、尋常勝負がしとうございます。この願い、聞き届けて頂けますか」

と駿太郎はいきなり切り出した。

朝霞はしばし無言で駿太郎を見ていたが、

「小僧、十四と聞いたが真か」

「この正月、元服したばかりの十四歳にございます。剣術家同士の尋常勝負に歳は関わりございますまい」

「面白い」

「朝霞八郎兵衛どの、この場での勝負と言いとうございますが、そなた様にも尋常勝負に臨むにはそれなりの仕度もございましょう。われら父子が森藩に逗留中にいつなりとも遣いを下され。それがし一人にて、その場に参ります」

と言い切った。

「よう言うた。小僧、逃げるでないぞ」

朝霞も余裕を見せて応じた。

駿太郎と朝霞が艫矢倉に戻ったとき、茂たちも戻っていた。

「おふたりの具合はどうですか」

と駿太郎が尋ねた。

「新垣様の喉の突き傷は、二十日ほどはものがよう言えぬかもしれんが、大したことはないそうだ、駿太郎さん」

「それはよかった」

と駿太郎が応じる傍らから朝霞が、

「如月右京の傷はどうか」

「へえ、こちらは脇腹から胸と右肘を砕かれて、もはや右腕は使えまい。剣術家としてはもう無理と、本町の外科医師の前園李庵先生の診立てでございましてな、ともあれ、数月は寝たきりだそうで。ところで、朝霞様よ、前園先生がさ、このふたりの治療代は小坂屋持ちでよいかと訊ねられたんだがよ、それでよいでしょうな」

朝霞の視線が駿太郎に向けられた。

「それがしは、如月どのの誘いに乗って木刀で抗っただけです。それに他人様の治療代を払う金子の持ち合わせはございません」

と駿太郎が朝霞に応じた。

朝霞が舌打ちした。

「朝霞様よ、あの勝負見ていたがよ、刀を抜いて斬りかかったのは如月右京さんだぜ。駿太郎さんは、剣術でいう後《ご》の先《せん》で受けなさった。なにしろ如月さんは真剣でよ、片方の駿太郎さんは木刀で応じられたのよ。やっぱりこりゃ、新頭成組の首領のおまえ様が漢気《おとこぎ》を出してよ、払ってやったらどうだ」

と舵場から主船頭の利一郎が言った。

ふたたび舌打ちして唾を主甲板に吐き捨てた朝霞が御座所に戻っていった。

「おい、酔いどれ様よ、駿太郎さんよ、父子してなんとも忙しいな」

と助船頭の弥七が声をかけた。

「主船頭どのよ、父子して確かに多忙じゃな。どうしたものかのう」

「まずは親父様が小坂屋を訪ねなさるか。よい話し合いになればよいがのう」

利一郎の声音が弾んで聞こえた。

「父上、致し方ありません」

「森藩訪《おとな》いでな、われら父子だけがきりきり舞いしておらぬか」

と父子が言い合うと、

「茂、もう一度赤目様親子と池端様を船入に送っていかんかえ」

と利一郎が命じた。

三

赤目小籐次と駿太郎父子、そして池端恭之助の三人は、森藩藩主の久留島通嘉と御座屋敷で面会していた。

「どうだ、駿太郎、わが所領頭成を楽しんでおるか」

鷹揚《おうよう》というか能天気というか、通嘉が質した。

「速見郡頭成は、藩の関わりの御用屋敷と人家、およそ百軒と聞いておりましたが、なんとも賑やかな湊町にございます」

「なんぞ好みの場所があったか」

「大山積神社を訪ねました。なかなかの石垣ですね、殿様」

「おお、石垣が気に入ったか」

通嘉が嬉しそうな顔をした。

「まるでお城の石垣と見まごう造りでございました。殿様の命でたびたび手を入れられたのですね」

「頭成はわが所領のなかでも、瀬戸内の灘を通じて摂津大坂や江戸とを結ぶただひとつの湊ゆえな、安全な航海を祈願して手を入れておるのよ。駿太郎、森城下に参れば、もっと気にいる場所があろうぞ」

と通嘉が満面の笑みで告げた。

小籐次も池端も殿との問答を駿太郎に任せて話に加わる様子がない。そこで駿太郎は、

「殿様、塩屋の武道場をご存じですか」

と話柄を変えた。

「おお、武道場で稽古をなしたか」

「はい。独り稽古をしました。船のうえでの稽古が続いていましたゆえ、床がしっかりとした武道場での稽古はなんとも楽しゅうございました。かつては参勤交代に行かれる殿様のご家臣方が稽古をしたのち、船に乗ったそうな」

「おお、さようなこともあったな。近ごろではだれもあの武道場を使っておらぬか」

「塩屋の娘御お海さんの話では兄御の喜太郎さんが稽古をしたのが最後とか」

駿太郎の言葉に通嘉の表情が変わり、

「若い喜太郎の死は塩屋に大きな不幸をもたらしたな」

としみじみした口調で言った。

交易商にして船問屋の塩屋の跡継ぎの死に通嘉が触れたので、駿太郎も応じた。

「殿様、喜太郎さんの不運な出来事を森陣屋で知られましたか」

「いや、その知らせを受けたのは在府中であった。江戸家老の長野《ながの》正兵衛《せいべえ》からであったと思うがのう。それがどうかしたか」

「妹御のお海さんの話では、大山積神社の石垣の下で骸が見つかったとか」

「なに、喜太郎の死に場所は大山積神社であったか。まさかあの石垣の上から転落したとは思わなかったぞ」

「いえ、転落ではございません」

「誤って転落したのではないのか」

「何者かに斬られて石垣の下に逃げようとしたか、あるいはその者に落とされたか、雪に埋まった骸が見つかったと聞いております」

驚きの表情で聞いた通嘉が近習頭の池端恭之助を見た。その眼差しは、

「確かな話か」

と無言で問うていた。

大きく首肯した池端が、

「それがしもこたび頭成に参り、聞かされました」

「何者が塩屋の跡継ぎに不届きを為したな、まさかわが家臣ではあるまいな」

「家臣ではありますまい」

「不逞の輩か、頭成の町奉行は探索して捕らえたか」

「この喜太郎の死をきっかけにわが藩の交易が塩屋から小坂屋の手に完全に移りましてございます」

池端は通嘉の問いには直接応ぜずこう答えていた。

「なに、藩と交易商の関わりが喜太郎の殺された背後にあると申すか」

「さよう拝察されます」

池端が言い切った。そして、駿太郎がこの話題を出してくれたことを池端は感謝した。近習頭の言葉を聞いて通嘉は沈思していたが、

「よかろう、予が改めて町奉行に塩屋の跡継ぎ殺しの探索を命じる」

と言い出したところで、

「殿様、お願いがございます」

と駿太郎が主従ふたりの問答に割り込んだ。

「なんだな、駿太郎」

「喜太郎さんを殺した下手人、それがしが討ち果たしとうございます」

駿太郎の願いは思いがけないもので、この場の三人がそれぞれ驚きの表情を見せた。

「そのほう、喜太郎を殺めた者を承知か」

「はい」

駿太郎が確信をこめた返答をなした。

「駿太郎にその者を討ち果たすべき曰くがあるか」

と通嘉が続けて質した。

当然の問いだった。

「それがしにはございません。されどとあるお方に、喜太郎さんを殺めた者を討つと約定しました」

「なんと、さような約定を」

と驚きの言葉を発したのは池端だった。小籐次にはなんとなく約定の相手の推量がついた。

池端は、中間の与野吉《よのきち》に喜太郎の死の経緯と下手人がだれかを調べさせていたのだ。池端家の中間の与野吉が近習頭の「密偵」の役目を果たしていることは駿太郎も承知していた。だが、駿太郎が塩屋の跡継ぎの喜太郎を殺した者を討つと約束した相手が池端には分からなかった。

「駿太郎、そのほうの言、確かであろうな」

と通嘉が念押しした。

「たしかにございます。その者と直に話し、尋常勝負の約定を取り付けました」

「なんとも手早いな。予が口出しする余地はないか」

「ございません」

駿太郎の返答を聞いた通嘉はしばし無言で沈思していたが、

「そうか、喜太郎を殺めたのは剣術家であったか」

と相手が何者かようやく察したように呟いた。そして、駿太郎の顔に視線を戻すと、

「そのほう、勝ちを得る自信、あるやなしや」

「殿様、尋常勝負でございますれば勝ち負けは、時の運にございます」

「相手は駿太郎を」

と言いかけた通嘉が小籐次を見た。

「この話、承知しておったか」

と言い添えた。

「なんとのう察しておりましたが、駿太郎が殿にお許しを願うとは考えもしませんでした」

「そのほう、駿太郎の願いを聞けと申すか」

「殿のお考え次第にございます」

通嘉が幾たびめの沈思か、無言で思案していたが大きく頷いた。

「あり難き幸せに存じます」

と駿太郎が言い切り、通嘉の前に平伏した。

四半刻（三十分）後、小籐次と池端恭之助のふたりは、交易商と船問屋を兼ねる小坂屋金左衛門の豪壮な店の前に立っていた。

広々とした店のなかに活気があった。

それはそうであろう、頭成に着いた藩の御座船と荷船の大半の荷を新興の小坂屋が扱っているのだ。土間も板の間も荷であふれていた。

「おや、池端様、一日に二度もお出でになって、急用ですかな」

小坂屋の大番頭の壱右衛門がふたりを見て声をかけた。

「主の金左衛門と面会の約定があってな。六つ半にわれら、こちらを訪ねることになっておる。三島丸から未だ戻っておらぬか」

と池端が質した。

「おや、さような約定がありましたか。主は奥に戻っておられますが、さようなことは一言も」

「言わなんだか。確かめてくれぬか」

池端は、藩出入りの一商人の大番頭に願った。

「この刻限にですか。池端様に説明の要もないはずですが船が着いたばかりで忙しいのですがな」

と抗う様子を見せたが、

「壱右衛門、あとで主に叱られても知らぬぞ。ともあれ取次ぎをなせ」

と池端が命じた。

大番頭は小籐次を見たが、一切問いかけようとせずしぶしぶ奥に入っていった。

だが、なかなか店に戻ってこなかった。

四半刻も待たされたあと、手代と思える若い奉公人がようやく小籐次と池端のふたりを店先から奥へと案内した。

店もさることながら廊下伝いの部屋は派手好みの内装で、金張りの薄紙の襖には異国の煌びやかな光景が描かれていた。

「赤目様、御座屋敷にもかような豪奢な佇まいは見ませんでしたな」

「なかったな」

「さすがは頭成で牛耳を握る小坂屋の奥かな」

とふたりは小声で言い合い、ようやく奥の間に通された。

そこには金左衛門ひとりが待ち受けていた。

「酔いどれ様の異名を持つ赤目様、やはり話を聞く前に四斗樽《しとだる》を据えましょうかな」

と金左衛門が先手を打った。

「小坂屋、そなたの一人娘が身罷った話だ。今宵は、話を聞いてくれればよい」

「どのような話ですかな。話次第では、馳走の仕方が違いましょうな」

「まずはわしから尋ねるが、そなたの娘が藩主久留島通嘉様の参勤交代に従い、江戸に出た経緯を説明する要はないな」

「ございません」

「采女と殿が情を通じておったことも承知じゃな」

「はい」

と金左衛門は素直に認めた。

「純真無垢な娘とは言えますまい。相手が藩主の久留島の殿様なれば、後々それなりに使い道があると商人の私は、当然考えましたでな、放置しておりました」

近習頭の池端恭之助が身を乗り出そうとするのを小籐次が膝を抑えて止めた。

「それにしてもまさか参勤交代に従うなど考えもしませんでした」

「殿とそなたの娘の仲は江戸に出た折にはすでに切れておったわ」

「でしょうな。奥方様がおられる江戸で、あの殿様が平然と若い娘を住まわせる度胸はございますまい」

「さすがは一代でこれだけの財を成した商人かな。見るべきところは見ておるか」

「でなければ商いは出来ませんでな」

「江戸での娘の行状もそなた、調べて承知ではないか」

「さすがによくご存じですな」

「わしが説明する要もないか」

襖が閉じられた隣座敷に人の気配がした。が、物静かだった。

「下屋敷にうんざりした娘の我がままに、わしは池端どのからも下屋敷の用人どのからもどうにかしてくれぬかと頼まれてな、そこでわしが昵懇《じっこん》の久慈屋という紙問屋に相談したのだ。その結果、長崎の阿蘭陀商館長が江戸参府の折に泊る旅籠の長崎屋に口利きをして娘と下女のいつきを移したのだ。この辺りも三島丸で慌ただしく話したで承知じゃな」

小籐次の問いに金左衛門が頷き、

「諸々説明の要はないか」

と小籐次が呟いた。

「愚か者の娘が長崎屋を出たのちの調べは済んでおりません、赤目様。事情が分からぬままにいきなり采女の骸が船に乗って、この家に戻ってきたのでございますよ。まさか、藩は承知していたがこの小坂屋に隠していたということですかな」

「そうか、そのほう、娘が長崎屋から国兼某と逃げたことを知らぬか」

小籐次の問いに、金左衛門が、まさかといった表情で小籐次を睨んだ。

「小坂屋金左衛門、わしは、それまでの行きがかりもあって、そなたの娘と国兼某の行方を調べておったのだ。その探索の網に国兼らしい侍の骸が引っ掛かったと知らされ、池端どのらが川崎宿まで見に行くとなんと国兼が殺害されて骸が放置されておった。そなたの娘が野暮天侍の国兼に嫌気がさして、無宿者の剣術家、鹿島神道流免許皆伝を自称する橘寿太郎秀吉に乗り換えたのよ。ところがな、この橘某、細面を売りにして女を騙し、適当に楽しんだあと、異人に売り払うという質《たち》の悪い女衒よ。わしの知り合いの御用聞き、秀次親分がな、川崎宿の朋輩に手助けしてもらい、ふたりが隣の神奈川宿の飯盛旅籠に泊まっているのを調べ出してくれた。池端どの、あの旅籠、なんという名であったかのう」

「丁子屋でございます」

「そんな名であったか」

と池端の記憶を借りた小籐次が、

「金左衛門、そなたの娘、橘寿太郎にたぶらかされ、持ち金を使い果たしておった。われらが旅籠に乗り込まなければ、翌日には、異人船に乗せられて異国に売り飛ばされる寸前であったわ」

「そんな与太話をこの小坂屋金左衛門が信じると思いますかな、赤目様」

「小坂屋、まあ、最後まで話を聞いてくれぬか。そなたの娘が江戸の長崎屋から駆け落ちした相手の森藩家臣、国兼鶴之丞の死が表沙汰になれば、森藩の御家断絶、久留島通嘉様の切腹を公儀から命じられてもおかしくはあるまい。なにしろ殿がそなたの娘を参勤上番に従えてきた一事もある。森藩江戸藩邸としても、この一連の出来事をなんとしても闇に葬る要があったのよ。ためにわれらが動いた。わしと池端どの、丁子屋からそのほうの娘を呼び出した。そう、夜四つ（午後十時）の刻限であったかのう。最初采女独りがわれらの前に姿を見せたのだ」

小籐次が池端恭之助を見た。

「池端どのが、采女に国兼の殺しの経緯を質すと、『勢いでそうなったのさ』とあっさりと答えよったわ」

「嘘じゃ、騙すつもりか。いくらなんでも娘が武士を殺せるわけもない」

「小坂屋、勘違い致すな。国兼を殺したのは、その折の采女の相手の橘寿太郎じゃ。赤目様が、橘の正体を告げたと思え。驚いた采女が、そこへ現れた橘を振り返ったとき、『ばか女め、異国を見るのもおもしろかろう』と叫んだものだ。憤然とした采女がな、素手で橘に摑みかかった瞬間、橘が提げていた剣を抜く手も見せず采女の肩口をいきなり斬り下げたのだ。われら、動くに動けなかった。迂闊と謗《そし》られればそのとおりであった」

「嘘だ」

と叫ぶ金左衛門に隣座敷にいる人物が呼応して身動《みじろ》ぐ気配がした。

しばし池端も小籐次も沈黙して、金左衛門の様子を見ていた。なにか叫ぼうとした金左衛門に小籐次が言い放った。

「小坂屋金左衛門、話は終っておらぬわ。ここからが肝心なところじゃ。橘寿太郎が、『始末料を森藩江戸藩邸に頂戴に参る』と抜かしたとき、わしは橘の口を封じるしか策はないと思った」

金左衛門が小籐次を睨んだ。が、最前より、形相がわずかに緩んで見えた。どう考えていいか分からない様子だった。

「橘とわしが睨み合い、左利きのそやつが鋭い斬撃をわしの肩口に送り込んだと思え。わしが弾いたとき、池端どのがな、『師匠、この勝負、それがしが』と橘の相手を森藩の近習頭である自分がすると申し出たのだ。金左衛門、池端どのがわしを師匠、と呼んだのは来島水軍流の弟子だからだ。わしは、池端どのの技量はとくと承知だ。一方、橘某は百戦錬磨、修羅場を潜ってきた邪《よこしま》の剣の遣い手よ。あの折、わしは真剣勝負を初めて経験する池端恭之助を失うかと覚悟した」

「それがし、あの夜、咄嗟に死ぬしか森藩を救う道はない、またそうしなければ国兼鶴之丞と采女ふたりは往生できぬと思いました。それがしが斬られれば、師匠が必ずや橘某を討ってくれると信じておりましたゆえな」

また無言の間が三人の居る座敷を支配した。そして、隣座敷も鎮まり返っていた。

「小坂屋、池端恭之助どのが『国兼と采女の無念を晴らす』と宣言し、橘が血刀を振りかざし、池端どのに斬りかかった」

小籐次が話を切ってしばし間を置いた。

金左衛門が、その先どうなったという顔付きでふたりを見た。

「死を覚悟した無心の一撃が一瞬早く橘の喉元を斬り裂いたのだ」

と淡々とした口調で告げた小籐次は、両者の勝負の瞬間に竹とんぼを飛ばして、一瞬橘の注意を逸《そ》らした事実には触れなかった。

「金左衛門、あれほど見事な剣はなかった。そなたの娘の無念を見事に晴らしたのは、ここにおる近習頭池端恭之助どのだ。赤目小籐次、この期に及んで嘘偽りを述べる心算はないわ。未だわれらの話が訝しいと思うならば、神奈川宿の丁子屋に問い合わせれば真の話か虚言か、われらが森陣屋におる間に聞けよう。わしの話を信じないならば采女の墓所に参り、そなたの娘に質してみよ」

と最後に言った小籐次は、金左衛門を見た。急速に御用商人として力をつけた金左衛門の両手が膝を摑んでいた。だが、なにも言葉を発しなかった。

沈黙の間が過ぎていった。

「池端恭之助どの、もはや、この場に用事はない。参ろうか」

小籐次が池端を誘うと立ち上がった。

そのとき、隣座敷の襖が開き、小坂屋の女房と思しき女が姿を見せ、

「おまえさん」

と呼ぶと両眼から滂沱《ぼうだ》と涙を流し始め、金左衛門も、わなわなと体を震わしてふたりを無言で見送った。

四

森藩の御座船や荷船からほぼ荷下ろしが終わった。

また覚正寺に、森陣屋に向かう馬、牛、そして人足たちが集まり、久留島通嘉の参勤交代の最後の道程、頭成から森陣屋への行列出立が翌日の朝六つ（午前六時）と決まったことがそれぞれの持ち場に知らされた。創玄一郎太は、江戸から頭成に届けられる藩御用便などを森城下に搬送する役目のためにこの地に残されることになった。

赤目駿太郎は、最後の荷下ろしの手伝いを三島丸で為した。頭成に到着してから も主船頭以下の水夫らに世話になったからだ。なにより広々とした三島丸の主甲板で体を動かすのは得難い喜びだった。

「茂さん、しばらくはこの頭成におられますか」

駿太郎が三島丸の今後の予定を聞いた。

ふっふっふふ、と笑った茂が、

「おれたちの仕事が気になるか」

「われら、当分、三島丸のご一統とお別れのようですね」

「おお、駿太郎さん方は明日にも山に入るな。おれたちはよ、参勤行列を見送ったあと、豊前小倉を経て長崎に行くのよ。むろん国家老嶋内主石様とよ、小坂屋金左衛門の命の交易よ」

とさらりと告げた。

「そうでしたか。それがし、三島丸に乗り組んでいてもいいな。なんとなく山より海が好きになりました」

「駿太郎さんは三島丸の水夫だもんな。とはいえ、殿様の招きで山中の森陣屋に行くのがこたびの主な務めではないか」

「そうなのです。父上が殿様の行列に同行される以上、それがしも従わざるを得ません」

と残念そうに言った。

「おれたちよ、長崎での交易のあと、福岡藩に立ち寄って博多の老舗と商いをなすそうだ。そのあと、この頭成に戻ってくるからよ、この湊で必ず会えるぜ」

「嬉しい話です」

と答えたとき、三島丸の左舷に小舟が寄せられた。

「うむ、小坂屋の舟だな」

と茂がいい、

「小僧さんよ、なんぞ船に荷が残っていたか」

「いえ、そちらの親子に宛てられた文を持ってきたと」

と手にした書状を振って見せた小僧が縄梯子を上ってきた。

「父上は、塩屋さんにおられますよ」

と迎えた駿太郎の視線の先、小僧の持った文に、

「赤目小籐次様
　駿太郎様」

と懐かしい字が見えた。母のおりょうの筆跡だった。

「茂さん、母上からの文ですよ」

と喜びの声を発した駿太郎に疑念が生じた。

「小坂屋は飛脚問屋も兼ねておられますか」

と聞いた。

「頭成の船問屋の小坂屋と塩屋は飛脚問屋を兼ねておるのよ」

と茂が言い、頭成の商い諸々を小坂屋が抑えていることを駿太郎に言外に告げ

た。

どうやら奉公したばかりの新入りの小僧は、小篠次にまず届けるべき文を駿太郎に持ってきたらしい。

「有り難う」

とにかく礼を述べて駿太郎が分厚い母からの書状を受け取った。すると小僧がもう一通の、宛名も差出人の名もない巻紙を懐から出して突き出した。

「なんだ、その文は」

と茂が小僧に問うた。

「おれがよ、赤目の親子に文を届けると知った用心棒の頭分がついでにこれも渡せって、命じられたと」

「用心棒の頭分って朝霞八郎兵衛って侍か」

「おれ、名は知らんと。刀が自慢の剣術遣いたい」

「おお、朝霞だな」

と茂が駿太郎の顔を見た。

「間違いなく朝霞八郎兵衛様でしょうね」

駿太郎も宛名なしの文を見たときから、だれから来たものか察していた。

「大番頭さんは、この文のことを承知ですか」

「いや、知らんと思うな」

「分かりました。確かに受け取りましたと大番頭さんに伝えてください」

との駿太郎の言葉に小僧が手を差し出した。

「小僧さんよ、なんだ、その手は」

と茂が詰問した。

「文遣いに行くとたい、富士屋でもどこでも遣い賃をくれると」

と小僧が恥ずかしげもなく答えた。

「呆れた」

と茂が言い、駿太郎は、

「困ったな。それがし、ただ今一文の銭も持っておらんのです」

と茂の顔を見た。すると茂が、

「小僧、おめえの名はなんだ」

「五平だけど」

「五平よ、駄賃をねだる真似を小僧が覚えちゃならねえ。大番頭の壱右衛門さんに知られてみな、お店を叩き出されるぞ」

「だれもやってるけどな」

と不満そうに言った五平に、

「いいか、こたびのことは小坂屋のだれにも言わないでおく。主の金左衛門さんが知ったら、おめえ、当分三度のめしを抜かれるぞ」

「ひえっ、そんな。や、止めてくれんね。大番頭さんに竹箒で殴られるより、まんまを抜かれるほうがつらか」

と応じた小僧は慌てて縄ばしごを伝い、小舟に下りていった。

茂が駿太郎に視線を戻すと、駿太郎は話柄を変えた。

「母上からの文は懐かしゅうございます」

「駿太郎さんよ、差し障りはおっ母さんからの文じゃねえ、そっちの朝霞からの文よ。新頭成組の頭が駿太郎さんになにを言ってきた」

「困ったな。朝霞様とふたりだけの秘密の文なんだけどな」

「朝霞八郎兵衛が駿太郎さんと約束したことを守ると思うてか」

「相手が守らなくてもそれがしは約定したことは守ります。だから、言えません」

と駿太郎は言い切った。

「そうか、水夫の兄貴分のおれにもいえないか」

「言えません」

と答えた駿太郎は船べりから下を見た。文を届けた何も知らない小僧がまだもたもたとして小舟は三島丸の船腹に着けられたままだ。

「小僧さん、待ってくれませんか」

と願うと駿太郎は縄ばしごを伝って小舟に飛び降りた。それを見た茂は、艫矢倉に走り、主船頭に駿太郎のところにおっ母さんと朝霞八郎兵衛から文が届いたことと、駿太郎の頑なな言動を告げた。

「なんだと、身内からの文より朝霞八郎兵衛からの文が気になるな」

「主船頭、おりゃ、駿太郎さんがよ、朝霞八郎兵衛と尋常勝負をする約定でもしたんじゃねえかと考えたんじゃがな」

「おお、大方そんなところじゃろうて。その文はいつどこで立ち合うかを知らせてきたと思わねえか。駿太郎さんの腕前は、わしら、十分承知だ。だが、朝霞八郎兵衛はどんな手を使うか知れたものじゃねえ」

と言った利一郎が助船頭の弥七を見た。

「主船頭、こいつは用心に用心をしたほうがいいな」

弥七の返答に頷いた利一郎が、

「助船頭、朝霞は必ず新頭成組の面々を使う。腹心の如月右京が駿太郎さんに痛い目に遭っているからな、頭分の朝霞ひとりと駿太郎さんの尋常勝負なんてありえないな」

「間違いねえ」

と応じた弥七が、

「茂、小坂屋を見張れ。朝霞と駿太郎さんがどこで立ち合うか、調べてこい。そうじゃ、菊次《きくじ》を舟に乗せていき、船入に着いたら短艇を三島丸に戻させろ」

と命じた。

「畏まって候」

と受けた茂が菊次を伴い、短艇に飛び乗って舫《もや》い綱を解いた。

主船頭の利一郎は、頭成に三島丸が到着して以来、一度として陸地に上がることがなかったが、短艇が菊次の櫓で戻ってきたのを見て、

「菊次、わしを塩屋の船着場に送っていけ」

と命じ、

「畏まって候」

　と菊次が受けた。

　利一郎は塩屋にいる小籐次と会うことにした。

「おや、主船頭、自らお出ましとは、格別の用事かな」

　と挨拶を抜きに小籐次が質した。

「駿太郎さんは戻っておられるか」

「戻っておらんな。それがなにか」

「赤目様に内儀様から文が届いておるのを承知かな」

「おお、池端どのの中間の与野吉が船入で駿太郎に会って頼まれたと、つい最前届けてきたで、かよう懐に持っておる」

　と答えた小籐次の表情は決して芳《かんば》しくないと利一郎は察した。

「お内儀様のほうにも厄介ごとがありますかな、赤目様」

「うむ、大身旗本と譜代大名が絡んだ話がある。じゃが、ひとつはもはやどうにも手の打ちようもない仕儀だな」

　と小籐次が手短に告げると、

「赤目様は、あちらこちらでもめ事の仲裁があることよ」

と利一郎が呆れた。

「まあ、さよう。だが、いま申したとおりひとつはなんともならんで、返書をどう認めようか迷っていたところだ」

と応じた小籐次が利一郎を正視して、

「こちらももめ事かな」

「巻き込まれたのは駿太郎さんのようだ」

と前置きした利一郎が小坂屋の用心棒集団、新頭成組の頭分朝霞八郎兵衛から立ち合いの日時と場所を知らせる連絡《つなぎ》と思しき巻紙が、おりょうの文とは別にあったことを告げた。

「なに、駿太郎が朝霞某と立ち合うというか。小坂屋の主は新頭成組なる用心棒どもの勝手な行動を見逃しておるか」

「赤目様、主が承知かどうかは知りませんがね、朝霞はひとりで立ち合うなんて考えておりませんぜ。そんなわけで、赤目様のお考えをと余計なお節介にわっしが参ったところでさあ」

「主船頭どの、有難い心遣いかな。だがな、この程度のもめ事に対処できないようでは、一人前の剣術家といえまい。まあ、駿太郎に任せるしかあるまい」

と小籐次が応じた。

「赤目様は、出向かれませぬか。もっともどこで立ち合うのか、わっしらは承知しておりませんがな」

「そうか、立ち合いの場所も分からぬでは助勢もなにもあるまい。まあ、明日、われら、森陣屋に出立する以上、日時は今晩じゅうじゃな」

「うーむ」

「どうしなさった、主船頭」

「確かに駿太郎さんは並みの剣術家ではねえや。だが、十四歳の若武者ですぜ。赤目様の十四歳の折はどうでしたね」

と利一郎が小籐次に重ねて質した。

「わしの十四歳か。内職ばかりの下屋敷で父の目を逃れてな、仲間のワル餓鬼どもといっしょに品川宿で放蕩、というても銭も持っておらんで、騒いでおったな」

「で、ございましょう、それが十四歳です。駿太郎さんは確かに賢うございますがな、それでも十四歳。元服したての若者でございますよ」

「とは申せ、十四の子の喧嘩に親のわしが出るか」

「相手は、なにを企んでいるか分からない不逞の輩ですぞ」

と利一郎が危惧を繰り返した。

「困ったな。女房どのにも返書を書かねばならぬ。駿太郎のほうも厄介ごとか」

と平然としている赤目小籐次に利一郎はしばし沈黙したが、

「どうやらわっしがお節介したようだ。わっしは三島丸に戻っております。なんぞあれば、赤目様にお知らせに参りますかえ」

と問うた。

「強いてせよとはいわんぞ」

と小籐次が応じたのに頷き返した利一郎は、塩屋の船着場に待たせていた短艇に向かった。するとそこに塩屋の娘のお海がいた。

「お海さん、どうしなさった」

「主船頭さん、駿太郎さんはどこにおられます」

といきなり質された。

「うむ、駿太郎さんになんぞ気がかりがございますかな」

「主船頭はなぜ赤目小籐次様を訪ねて参られました」

お海が切り口上に問い、

「へえ、ちょいとね」

と利一郎は言い淀んだ。お海も利一郎の険しい顔付きに逡巡《しゅんじゅん》の気配を見せたが、

「駿太郎さんに兄さんを殺した相手を討ってと頼んだのは、主船頭、わたしなの」

といきなり告げた。

「なんですって。兄さんの喜太郎さんのことって、一年半前に大山積神社の石垣の下であった騒ぎですかえ」

と洩らした利一郎は、

(そうか、喜太郎さんは斬り殺されたのであったな)

と思い出した。となると、

「喜太郎さんを斬り殺したのは、やはり朝霞八郎兵衛ですかえ」

との利一郎の問いにお海が大きく首肯した。そして、

「わたしと同じ歳の駿太郎さんに朝霞を討ってほしいと願うなんて。わたし、取返しのつかないことを頼んでしまいました」

とお海の顔が後悔に歪《ゆが》んだ。

利一郎は、お海の言葉を聞いて、いささか訝しく感じていた駿太郎の行動が読

めたと思った。

「そうかそういうことでしたか。お海さん、こいつはわっしらに任せてくれませんか。小坂屋の用心棒侍に好き勝手はさせねえからよ」

と言い切り、短艇に飛び乗ると夜の海に乗り出した。

「主船頭、必ずどうなったか教えてね」

というお海の声が利一郎の背を追ってきた。

夜半九つ(午前零時)。

駿太郎は大山積神社の石段を上がっていた。腰には備前古一文字則宗と脇差があり、手には愛用の木刀が握られていた。

微かな月の明かりを頼りに石段を上りきった境内は真っ暗だった。月はいつの間にか雲間に隠れたか。

(この場が塩屋の跡継ぎ喜太郎が殺された場所だ)

駿太郎はその場にしばらく立って闇夜に目を慣らそうとした。

そのとき、拝殿の傍らに建つ神楽舞を催す舞台に灯りが点った。

草鞋《わらじ》履きの朝霞八郎兵衛が舞台の真ん中で、自慢の同田貫上野介を前において胡坐《あぐら》を掻いていた。

駿太郎が独りで来たかどうか確かめるように、八郎兵衛は無言で石段に視線をやっていた。

一方、駿太郎は境内に大勢の人の気配があるのを感じていた。むろん朝霞八郎兵衛が首領の新頭成組の面々だろう。

(うむ、殺意と敵意だけが境内の闇に潜んでいるのではないな)

とも思った。

「朝霞八郎兵衛どの、手下を連れて参られましたか」

「若いのう。それがしとの約定を守ったとは」

「そなたが剣術家を称するのならば、当然己の約定は守るのが務めであろう。手下連れでなければ、この赤目駿太郎独りと立ち合えませぬか」

「剣術家が生き抜くには策略も技のひとつよ」

「剣術家の最後の矜持も捨てられたか」

「小童ひとり、何事があろう」

と言い放った八郎兵衛が草鞋履きで神楽舞の舞台に立ち上がった。

すると境内の建物の屋根に新頭成組の面々十数人が連なって見えた。その半数の者が長崎で手に入れたらしい異国製の鉄炮や弩《ど》と呼ばれるものに似た異人の飛び道具を携えていた。そして残りの半数の者は松明を点して境内の駿太郎を照らし出した。

駿太郎は、その様子を気配で察したが屋根の上を見もしなかった。

「塩屋の喜太郎さんを殺したのはかような仕掛けか、朝霞八郎兵衛」

「塩屋の小娘に頼まれてそれがしと戦う気になったか」

「卑怯者にして武芸者もどきをこの世に生かしておきたくはないでな」

「小童が大言壮語するでないわ」

と叫んだ八郎兵衛が神楽舞の舞台から境内に飛び降りた。同時に射ち手が引き金に手をかけ、狙いを駿太郎に定めた。

「者ども射殺せ」

朝霞八郎兵衛の最後の命が終わる前に大山積神社の境内の森から闇の気を裂く音がして、鯨撃ちの銛《もり》が屋根の上の鉄炮方や弩の射ち手に次々に命中し、

「ぎゃあっ」

と絶叫した面々が屋根から境内に転がり落ちてきた。

駿太郎は腰の一剣、備前古一文字則宗の鯉口を切った。

「な、何者か」

と狼狽《ろうばい》する朝霞八郎兵衛に向かって駿太郎はゆっくりと歩いていきながら、

「朝霞八郎兵衛、そなたが剣術家として身罷るには自慢の同田貫上野介を頼りにそれがしと戦うしか途《みち》は残されておらぬ」

と言い放った。

「おのれ」

朝霞八郎兵衛が肥後の刀鍛冶が鍛えた豪剣、刃渡り二尺四寸を抜き放った。さすがに八郎兵衛は同田貫上野介を手にしたことで剣術家の貫禄と落ち着きを取り戻していた。

木刀をその場に捨てた駿太郎は則宗の柄《つか》に手をかけ、ずかずかと生死の境に入っていった。

両者の間合いは二間を切っていた。

八郎兵衛は同田貫を上段に差し上げると、豪快に構えた。その動きで剣術家の誇りを取り戻したかに見えた。

駿太郎はさらに間合いを詰めた。

大山積神社の境内の地面から瀬戸内の灘の揺れを駿太郎は感じていた。

「ご覧なれ、刹那の剣一ノ太刀」

との叫びとともに則宗が鞘走って光になった。

上段から同田貫の刃が奔《はし》り、下段から刹那の剣が伸びて、両者の刃が虚空で交わった。

ふたつの刃が絡み合い、火花が散った。そして、ふたつの体がひとつになって固まった。

一瞬、境内に重い沈黙が落ちた。

長い刻が流れた。

同田貫と則宗の刃に支えられたひとつの影から、腰が落ちてよろよろと後ろ向きに下がったのは朝霞八郎兵衛だった。

駿太郎は両手に構えた則宗の切っ先でよろける朝霞八郎兵衛を押し込んでいった。

「嗚呼《ああ》」

とどこからともなく悲鳴が上がった。

朝霞八郎兵衛は玉垣の縁に背中をぶつけると勢いのままに石垣の下に消えていった。

（お海さん、剣術家の尋常勝負ですぞ）

駿太郎は、血ぶりをなすと静かに鞘に納め、境内の木々に潜んでいた仲間、三島丸の船乗りの面々の厚意に無言で頭を下げた。

第三章　野湯と親子岩

一

翌朝六つ（午前六時）時分に塩屋の船着場に茂が短艇で姿を見せた。赤目父子を迎えにきたのだ。

駿太郎が塩屋に戻ったのは九つ半（午前一時）を過ぎていたろう。

客間では小籐次が寝息を立てていた。大山積神社からの戻り道、気持ちを平静に戻した駿太郎は、父の傍らで眠りに就いた。

三刻（六時間）ほど熟睡して目を覚ました倅に父が、

「よう眠っておったな」

と声をかけてきた。

小籐次は茶を喫していた。

「お早うございます」

と床から起き上った駿太郎は、

「父上、いよいよ森城下に向かいますね」

「おお、頭成を離れる」

「母上に返書を書かれましたか」

「文を書くのは研ぎ仕事のようにはいかぬ、つい最前ようやく認《したた》めたわ。おりょうは、森陣屋にも同様の文を出したそうな」

と苦笑いした小籐次は、すでに塩屋を通して飛脚に頼んだ気配があった。

塩屋から徒歩で久留島通嘉の御座屋敷に向かうと思っていた旅仕度の駿太郎を船着場に誘ったのは小籐次だ。

短艇が船着場を離れたとき、

「茂さん、三島丸が長崎に向かうのは明日でしたか」

「いや、主船頭の命でな、参勤行列を見送ったら、三島丸も帆を上げて、まずは小倉に向かう」

と答えた。

「われら、山と海に別れますか」

「そういうことよ、海が恋しいようだな」

「三島丸の皆さんと別れるのが辛うございます」

駿太郎が応じた。

茂も駿太郎も昨夜の大山積神社の出来事には一言も触れなかった。そのことを知ってか知らずか、小籐次も口出しすることはなかった。

短艇を降りるとき、駿太郎は、

「茂さん、最後の最後まで世話になりました」

と淡々とした口調で礼を述べると、

「こちらは、節介のしっ放しだったな」

と応じたものだ。

四つ(午前十時)の刻限、御座屋敷には通嘉の乗物が式台前に控えていた。行列に従う家臣たちも人足たちもすでに揃っていた。そして、藩主一行を見送る頭成の住人たちの顔もあった。そんななかに老舗の大店の主や番頭らの姿があった。

塩屋の見送り人は異色だった。隠居籐八、当代の聖右衛門の他に女がひとり混じっていたからだ。

娘のお海だ。

小籐次が塩屋の三代のもとへ歩み寄るのを見て駿太郎も従った。

「世話をかけましたな。短い逗留でしたが楽しい日々でしたぞ」

小籐次が別れの挨拶とともに礼を述べるのに、籐八と聖右衛門が無言で頭を下げた。

お海が駿太郎に歩み寄り、深々と腰を折った。そして、手にしていた艶やかな色紙で造ったくす玉を駿太郎の刀の柄にかけた。

「福玉は船を新しく造った折に舳に飾るものです。この福玉の何倍も大きいものです。船旅の安全の祈りが福玉には込められております」

とお海が説明してくれた。

駿太郎らの森藩での無事を祈って福玉と称する折り紙のくす玉をお海は造ったのか。

疲れた顔のお海から線香の香りがした。

だれが知らせたか、塩屋の身内は昨夜の大山積神社の出来事を承知しているのだ。そして、仏間に籠って福玉を拵えながら朝を迎えたのだろう。

「お海さん、ありがとう。森陣屋の帰りに武道場で稽古をさせてください」

と願う駿太郎の言葉に頷いたお海の両眼が潤んでいた。

「殿の御出坐」

頭成からの道中奉行一《いち》ノ木《き》五郎蔵《ごろぞう》の声が響いて、通嘉が御座屋敷の式台から下りて見送り人の挨拶を受けると御駕籠に乗り込んだ。

さらに
「御出立」

の声とともに御駕籠が上がった。

刻限は四つ半(午前十一時)時分だった。

行列が粛々と玖珠街道へと向かった。

赤目父子は行列の最後に従うべく御座屋敷の門前で待っていた。そこへ小坂屋金左衛門がひとりつかつかと歩み寄ってきて、

「赤目小籐次様、娘の死についてですがな、父親の私、長年勘違いを致しておりました」

と囁《ささや》いた。

その顔はさっぱりとして娘の死を受け入れているように思えた。

小篠次が頷いて金左衛門を見返した。

「赤目様、私どもの間にはもはや思い違いはなしでようございますな」

昨夜の大山積神社の一件を承知していると言外に告げていた。

小篠次は、駿太郎をちらりと見ると小さく頷き、行列を追った。

豊後森藩の参勤交代は、最後の行程の山道九里二十四丁（およそ三十八キロ）を一泊二日の予定でゆるゆると森陣屋に向かうのだ。

それにしても一万二千五百石の外様小名にしてはなかなかの陣容だった。

ちなみに頭成からの通嘉一行には道中奉行の下、壱番組に属する家臣久留島求馬助ら二十七人が随身し、

「一、御具足助夫、一、御茶弁当助夫、一、御矢箱一荷助夫、一、御玉箱一荷助夫、一、御幕両掛助夫、一、御馬印柄持夫、一、御川印竿持夫、一、御笠箱一荷助夫、一、合羽駕籠八荷助夫、一、御召替御乗物持夫、一、御用御簞笥一棹、一、御長持弐棹、一、御陸尺拾三人、一、馬　拾八疋、一、増馬　五疋、一、御家中人馬」

などたくさんの賦役方が従っていた。その他、十里足らずの道程に六番組が交替で従い、場所によっては、

「松明千八百挺と松明燃し百五十人」

の仕度が命じられていた。

これでは三島丸が頭成に到着した翌日に一行が森陣屋に向かうなどいくらなんでも不可能なことだった。ために通嘉一行は数日頭成に逗留を余儀なくされるのが常だという。

一行が頭成から海沿いに別府への街道を粛々と進んでいくと、硫黄の匂いがどこからともなく漂ってきた。

行列の本隊のあとに従う父子のもとへ近習頭の池端恭之助が挨拶にきた。

「殿のご機嫌はどうだな」

「赤目様、頭成を離れて上機嫌にみえまする」

小籐次の問いに池端が答えた。

「ほう、それはまたどういうことか」

「赤目様、小坂屋金左衛門と御座屋敷の前で話しておられましたな」

池端は小籐次の問いには答えず、小坂屋と小籐次の短い対面に触れた。

「あの者が声をかけてきたでな」

「どのようなお話でしたか」

「娘の死について、長年思い違いをしていたという意の言葉を述べおった。なんとなくじゃが、われらが告げたことを受け入れたということではないか」

小籐次の言葉をしばし吟味していた池端が、

「殿にだれかが小坂屋の考えを告げましたかな」

との推測で、最前の小籐次の問いに答えた。

「近習頭のそなた、だれが殿に知らせたかしらぬか」

「今朝がた、御座屋敷の殿に小坂屋が挨拶に参りましたで、当人が直に殿様に申したのかもしれませんな。行列出立前ゆえ、忙しゅうございます。それがし、殿の傍らから離れることもしばしばで、小坂屋がなにを殿と話し合ったか把握しておりません」

「殿と小坂屋が会ったとなれば当人が話したのであろう。小坂屋はそなたが娘の仇《あだ》を討ったと分かり、改めて感謝をしたか」

「小坂屋は江戸藩邸詰めのそれがしなど一顧だにしません」

こんどは小籐次が池端の言葉を考えるように黙り込み、

「となると、『私どもの間にはもはや思い違いはなしでようございますな』というあの者の言葉は容易く受け入れられぬか」

と呟いた。

そんなふたりの問答を駿太郎はただ聞いていた。

「国家老の嶋内主石様と組んで、一代で頭成の交易と舟運を手中にした小坂屋ですぞ。容易くあの者の言葉を信じてはなりますまい」

池端が言い切った。

しばし小籐次ら三人は、黙り込んで行列の後尾に従っていた。

「あやつの用心棒頭の朝霞八郎兵衛の骸を三島丸の面々が始末してくれたが、小坂屋はまだ手立てを残しておると思われるか」

小籐次の問いに池端が頷いた。

ふたりは昨夜の駿太郎の所業を承知していた。だれから知ったか、駿太郎は尋ねようとはしなかった。

「小坂屋はおそらくこちらの参勤行列とは違った道を一気に森陣屋へ向かいましょう。そして、このゆるゆるとした行列を追いこしてわれらより先に森陣屋に到着し国家老嶋内主石様と面会して今後の策を立て直すものと思われます」

「なんとのう」

と呟いた小籐次が、

「小坂屋は、一人娘の采女を亡くした。塩屋は、跡継ぎの喜太郎を朝霞某に殺された。采女と喜太郎の仇をそなたと駿太郎のそれぞれが討ったが、小坂屋からは感謝もされず信頼すらしてもらえぬということか」

「赤目様、いかにもさよう」

「では、なぜ殿の機嫌はよいな」

「殿も小坂屋の言葉を素直に受け入れられたのではございませんか」

「つまり殿もわしも小坂屋に騙されておると申すか」

「まあ、そんなところではありませぬか」

とふたりは同じ問答を繰り返し、

「そろそろ鶴見《つるみ》村に着きます。それがし、殿の御側に戻ります」

と近習頭が前方の御駕籠へと小走りに戻っていった。

「なかなかすっきりとした気持ちになりませぬな、父上」

駿太郎が父を見た。

「そなたが命を賭して朝霞某を討ち果たしても小坂屋は、新たな恨みを生じさせておると池端どのは言いよるわ。そなたが言うとおり、なんともすっきりせぬのう」

「父上、それがしの昨夜の行いが森藩の内紛に新たな火種をもたらしたと考えられますか」

駿太郎が危惧を口にした。

「それは今後のあの者たちの動きを見てみぬと分からぬ。だが、少なくとも塩屋では駿太郎、そなたの行いを感謝しておろう」

小籐次が駿太郎の一文字則宗の柄に下げられた福玉をちらりと見た。

駿太郎はただ頷いて思わず福玉を手で触り、細かく折られた文が添えられているのに気付いた。だが、駿太郎がそのことを父に告げようかと考えたとき、池端家の中間与野吉がこんどは主に代わって姿を見せた。

「赤目様、駿太郎さん、ご機嫌いかがですか」

「与野吉、昨夜はご苦労であったな」

小籐次が近習頭の中間を労《ねぎら》った。

駿太郎はそのとき、父や池端恭之助が大山積神社の出来事を承知なのは、与野吉が騒ぎの一部始終を密かに見ていたからかと気付いた。近習頭の中間が「密偵」であることをつい駿太郎は忘れていた。

「与野吉さん、次なる鶴見村にはなにか格別なものがありますか」

「いくつも温泉が湧き出ております、そのひとつでおそらく殿様ご一行はしばし休憩するのではございますまいか」

「えっ、頭成を出て、さほど進んではいませんよ。それでも早休憩ですか」

「駿太郎さん、殿様は江戸から四十余日をかけて飛地の頭成に戻られたのです。森陣屋まで山道を森藩久留島家の威勢を示しながら歩くのも参勤交代のねらいの一つなのです」

と近習頭の中間が言い切った。

駿太郎は気付いた。

森藩の参勤交代の行列に自分たち父子が随行するのは、本日が初めてだということをだ。摂津大坂から頭成までは三島丸での水行だった。

「江戸藩邸におられる久留島通嘉様と、国許に戻った殿はだいぶ様子が違うな」

と小籐次も首を捻り、

「うむ、下屋敷の元厩番が初めて参勤交代に加わっておるからかのう」

とそんな思いを洩らした。

「父上、ここからが私どもが芝口橋の久慈屋の店先からしばしば見てきた参勤交代の行列なんですよね」

「おお、わしも『御鑓拝借《おやりはいしやく》』で接した四家の賑々しい行列を思い出したわ」

「父上、われらの森陣屋訪いは、その『御鑓拝借』騒ぎから始まっておると申されますか」

「あの騒ぎは遠い昔のことよ」

父子がそんな問答をしながら、海の香りのする道からうねうねと曲がった上り坂に差し掛かった。すると行く手に何本もの湯けむりが立ち昇っていた。駿太郎が、

（いよいよ海を離れて山に入ったか）

と思ったとき、

「さよう、わしのお節介もこたびの森陣屋訪いで終わりかもしれんな」

と小籐次が呟いた。

「どういう意ですか、父上」

「格別に意はない、思い付きじゃ。まあ、江戸に戻ったら研ぎ屋稼業専一にな、静かに暮らしていくということよ」

「はあ」

駿太郎が曖昧に返事をすると与野吉が、

「赤目様、世間がさようなことを許すとも思えません」

と言い残して主のもとへと戻っていった。

参勤行列の一行は、すでに飛地の辻間村頭成を離れて天領に入っていた。

「われらも温泉を見ていくか」

「父上、お先にお行きくだされ。それがし、この界隈をぶらぶらしながら参ります」

との駿太郎の言葉に菅笠を被った小籐次が次直を腰に竹杖を手に通嘉のお駕籠のもとへと向かった。

駿太郎は、随行の人馬を振り返って眺め、折り紙の福玉に挟まれた文を抜き取った。

折りたたまれた文を披《ひら》くと細字で、

「赤目駿太郎様
わたしども塩屋の身内一同、あなた様に深くふかく感謝申しあげます。

兄の死以来、父と母は生きる力を失っておりました。

ですが、駿太郎様の昨夜の勇武を聞いてどれほど力を得たことか。

今朝まで亡き兄の思い出を一家で話しておりました。

森陣屋にてなにかお困りのせつは、陣屋近くの米問屋いせ屋正八方、隠居の六兵衛さんに相談くださいまし。うどんなど昼げも食べさせるなんでも屋です。私は森陣屋のいせ屋を直に知りませんが、いせ屋と塩屋は伊予来島以来の何代も前からの付き合いです。

駿太郎様との再会を待っております。　海」


と認められてあった。

駿太郎は、大山積神社の戦いを塩屋の関わりの者も見ていたことに気付かされた。いまいちどお海の短い文に目を走らせた駿太郎は、随行の面々のなかに松明を運ぶ若い人足がいることを見て歩み寄った。

「ご苦労にございます。もしや種火をお持ちではありませんか」

と頼むと、賦役の漁師と思しき若者が、

「お侍さんは塩屋と知り合いやな、おりゃ、塩屋に世話になる留次《とめじ》よ」

と問い返し、名乗った。

「留次さん、頭成におる間、われらも塩屋さんに世話になったのだ」

「お侍さんは森藩の家来やないな」

留次が駿太郎の顔と福玉に交互に目をやって尋ねた。

「殿様のお招きで江戸から参った赤目駿太郎です」

「赤目駿太郎さんか、ふむ、江戸からな。まさか酔いどれ小籐次ってよ、剣術の達人の関わりじゃないよな。こんどの参勤交代にはなんでも酔いどれ様が従っていると聞いたがよ」

「赤目小籐次は父です」

「なんや、お侍さんは、酔いどれ様の子か。お海さんからもらった手造りの福玉があれば、向かうところ敵なしやぞ」

お海が福玉を駿太郎に渡すところを見ていたか、留次がそう言った。

「この折り紙のくす玉、福玉というそうですね」

「おお、新しい船を海に浮かべる日には舳に福玉をいくつも飾るんじゃ、安全を期してのことよ」

「船が野分《のわき》に見舞われることもありませんか」

「いや、野分は避けようがない。けどな、お侍さんよ、福玉がたくさん飾られた荷船も漁《いさ》り舟も沈没せんで長生きしよるのはたしかよ」

と言った留次が種火を駿太郎に差し出した。

「お借りします」

と人馬の群れから離れた駿太郎は、種火を吹くとお海からの文に近づけた。薄紙の文はぼっと燃えて一瞬にして灰になった。

「ありがとう」

と礼を述べた駿太郎は、

「留次さん方は森陣屋までわれらといっしょに行かれますか」

「森陣屋まで行かされたんじゃ、仕事が上がったりよ。わしらはよ、鶴見村の照湯までじゃ。お侍は照湯を承知か」

「いえ、温泉ですね」

「おお、殿様が掘らせた湯でよ、明礬《みようばん》山下の大名湯よ。わしらはそこから今日じゆうには頭成に戻るのよ」

と留次が言った。

二

駿太郎は初めて鉄輪《かんなわ》の湯を見て仰天した。

登坂のあちらこちらから湯けむりがもうもうと沸き、町のなかでは竹ざるに大根、シイタケ、さつま芋、エビ、サザエ、魚の切身などをたっぷり並べて湯けむりで蒸しているではないか。

駿太郎が珍しげに見ていると、松明燃しの留次が姿を見せて、

「ありゃ、駿太郎さんよ、鉄輪湯名物の地獄蒸しやぞ、魚も鶏肉も野菜も柔らかくなって美味いのよ。江戸じゃ食えん、どうや試してみんね」

「ほう、湯けむりで調理ができますか」

と答えた駿太郎だが、食い物より湯けむりに圧倒された。

「薪もいらんぞ、天の恵みの地獄蒸しは食い物ばかりじゃねえぞ、人も蒸すとよ」

「あのう、人を蒸すとはどういうことですか。火傷《やけど》をしませんか」

とふたりが問答するところに小籐次が姿を見せた。

「父上、湯けむりで食い物が調理できるのです」

「おお、地獄蒸しというそうじゃな」

小籐次もだれかから聞いたらしい。

「おい、駿太郎さん、この年寄りが駿太郎さんの親父さんじゃあるめえな」

留次が駿太郎に質した。

「いえ、父上です」

「まさか、酔いどれ小籐次様じゃねえよな。駿太郎さんのお父つぁんならば、大男でよ、豪傑面だろうが」

「いえ、留次さんの前の年寄りがそれがしの父上です」

留次がごくりと唾を飲んで、まさか、と頸を竦めた。

「父上、いま松明燃しの漁師の留次さんから人も地獄蒸しにされると聞いたところです。父上は承知ですか」

「なに、まさか身罷った人間を地獄蒸しにするのではあるまいな」

小籐次が本気か冗談か、問うた。

「みまかったってなんだ、爺様」

と思わず応じた留次が、

「ああ、いや、酔いどれ様」

と言い直した。

「わしの呼び名など年寄り爺で十分じゃ。それより身罷ったとは死んだということだ。死んだ人間を湯で蒸し焼きにするか」

「じょ、冗談じゃねえぞ。生きた人を蒸すのよ。あれこれと薬草を敷いた上に人を寝せてな、熱くない湯けむりで蒸すのよ、鉄輪蒸し湯というてな、傷も治るし、気持ちもいいぞ。どうだ、わしの知り合いの湯宿で蒸し湯をしてみないか」

留次がふたりを誘った。

「ふーん、天領別府では食い物を調理したり、人も蒸されたりして気持ちがよいか。なんとも鉄輪は極楽のようじゃな。わが眼で見える鉄輪の湯は、その名のとおりに地獄に見えるわ。わしも江戸近くの箱根や熱海の湯に参ったが、かような景色は見たことがないぞ」

「おお、別府鉄輪の湯名物よ」

「とは申せ、殿様に随行している身だ。鉄輪蒸し湯はこの次の折に致そうか」

と小籐次が遠慮すると、

「ならば、酔いどれ様、駿太郎さんよ、明礬山下の大名湯に向かおうぞ」

とひと休みした参勤行列が動きだしたのを見て言った。

「おや、明礬山でも湯が湧きますか」

明礬とは革をなめしたり、血止めをしたりするのに使うものとばかり駿太郎は思っていた。まさか明礬に人が入るとは思わなかった。

「駿太郎さんよ、最前よ、明礬山下の大名湯の話をしたよな。鉄輪も明礬山もこの辺りでは地獄と呼ぶところよ。この界隈の地中には地熱があってな、草鞋の裏がほのかに温かくならないか、こんなところを地気地獄というのよ。つまりよ、鉄輪の湯と同じように明礬山も湯処、大名湯とか照湯と呼ばれるところよ」

「そなた、なんでも承知じゃな」

と小籐次が留次に感心した。

「赤目様よ、わしはこの界隈の生まれじゃが、地獄じゃめしは食えん。そんでよ、頭成で漁師をやっているのよ」

赤目父子はこの松明燃しの留次からあれこれと教えてもらいながら、ゆるゆると進む参勤行列のあとへ従っていった。

「父上、旅に出るといろいろと学びますね」

「おお、天領の別府にかような地獄があちらこちらにあって湯が湧き、明礬や硫黄が作られておるとは知らなんだわ。やはり旅はするものだな」

と小籐次が応じた。

「酔いどれ様、駿太郎さんよ、わしは仲間のところに顔を出してくるぞ。あと、一刻（二時間）もすれば今晩の泊まりの照湯、大名湯につくでな」

と言った留次が松明を抱えて賦役の仲間のところに戻っていった。

「父上、明礬は森藩に財をもたらしているのですよね」

「おお、この豊後明礬を商いとしたのは、速見郡小浦村の庄屋の家系の脇家三代じゃそうな。何代目かの主の脇儀助がな、莫大な費えを投じて天領の野田村と森藩鶴見村の二か所の地場から明礬を採る方法を考えたと聞かされた。ただ今ではこの脇家三代が開発した豊後明礬山は、森藩の直山《じきやま》になっておるのだ。『明礬山始り覚』なる明礬山を開発して商いにする模様を書物に書き残してもいるそうじゃ。森藩にとって脇儀助様々よ」

そんな地獄の煙のにおいを嗅ぎながら参勤行列は、ゆるゆると明礬山へと上っていく。

「父上、参勤交代の行列とは、江戸や大名家ご城下の繁華な通りを、平伏する人々に迎えられて進むものとばかり思っていましたが、えらい違いですね」

「おお、地獄の湯けむりのなかを進むとは思わなかったな。それにしても殿様もお駕籠のなかで湯けむりとにおいにいぶされて鉄輪蒸しに遭っておられるか。参勤交代も楽ではないな」

と父子で言い合いながらひたすら鉄輪の地獄湯から明礬の湯に向かって歩を進めていく。

駿太郎は、家斉《いえなり》様から拝領の一文字則宗の柄に揺れる福玉にふと目をやった。

「父上、頭成の御座屋敷の前で塩屋のお海さんと別れの挨拶を交わしましたね」

「おお、その福玉なる縁起ものを頂戴したな」

小籐次も福玉を気にしていたらしい。

「あの折、この福玉にはお海さんからお礼の文が付されていたのです」

「なに、お海さん自ら感謝の意を認めておるか」

「はい。そのうえでもし森陣屋にて困ったことが起こったら、陣屋近くの米問屋いせ屋正八方の隠居に相談されよ、いせやと塩屋は伊予の水軍時代からの長い付き合いと認めてございました」

「ほう、塩屋さんはわれらのことを気遣いしてくれたか。駿太郎の行いがよほどうれしかったのであろうか」

「そのようなことかと思います。文は留次さんに借りた火種で燃しました」

「よう気付いたな。われらの行く手には国家老一派が待ち受けていよう。塩屋方に新たな迷惑がかからぬとも限らんでな、証しになるものはこの世から消すにかぎるわ」

小籐次も駿太郎の判断に賛意を示した。

「父上、母上に文を返されたと言われましたね」

こんどは駿太郎が質した。

「おりょうには文を受け取り、内容を了解したと認めて返しただけだ」

小籐次が言った。

「おりょうの文じゃが、田原藩の御家断絶はなかろうと、老中青山様の密偵新八どのとおしんさんが知らせてきたそうな、わしも安堵したわ。だが、旗本の当主が不埒《ふらち》な死に方をなした三枝家じゃが、こちらには、公儀の御目付の手が入ったとか。身内は薫子《かおるこ》姫だけが残された。もはや三枝家の存続はあるまい。老中青山様は、わしの返答を待っておられるでな、塩屋で苦心したのは青山様への返書であったわ」

「父上、三枝家の存続がないとなると、薫子姫はもはや三河の所領には住むことが叶いませんか」

「老中はわしの返事を待って三枝家の処遇を公儀の御目付に命ずるそうな。われらが三河に戻るまでは薫子姫は三河に住むことが叶うよう、おしんさんらに願った」

「薫子様はどうなされますか」

「おりょうの文では、おりょうと薫子姫はすでにそのことを話し合っておるようだ」

「どういうことですか、父上」

「鼠小僧《ねずみこぞう》の次郎吉《じろきち》に任せるわけにもいくまい」

「薫子姫は大身旗本の姫君です」

「とは申せ、所領も失っては子次郎《こじろう》にもどうにもなるまい」

「母上はどのような考えですか」

駿太郎の問いにしばし沈思した小籐次が、

「われら一家に身内が増えることになりそうだ」

えっ、と驚きの声を発した駿太郎が、

「薫子姫はうちの身内になるということですか」

「いかんか」

「薫子様が駿太郎の姉になるということですよね」

駿太郎が念押しした。

「それがしに姉ができて、望外川荘《ぼうがいせんそう》に老女お比呂《ひろ》さんも加わりますか」

「駿太郎、われらの研ぎ仕事の稼ぎで一家四人と老女にお梅、下男の百助《ももすけ》と七人に犬二匹が暮らしていかねばならぬ、なんとも賑やかじゃな」

「いつまでも森藩の御用に付き合っていられませんね」

「おお、森藩の差し障りを一日も早く除きたいものじゃな」

小籐次の言葉に頷いた駿太郎がこれまで歩いてきた道を振り返ると、鉄輪の湯けむりの向こうに別府の内海が拡がり、伊予の陸影までも望めた。

「なかなかの見物ではないか」

「森陣屋に落ち着いたらそれがしも母上と姉上に文を認めます」

と言った。

「そういうことだ」


江戸・芝口橋北詰の紙問屋久慈屋の家作の一軒、その名も新兵衛《しんべえ》長屋の差配の家では、このところ寝込んでいた新兵衛を半日錺職《かざりしょく》の仕事を休んで婿の桂三郎《けいざぶろう》と孫のお夕《ゆう》が朝湯に連れていくことにした。

桂三郎の仕事は順調だったが、舅《しゅうと》の新兵衛が急に老いて寝込むことが増えた。

医者に診せても、どこがどう悪いというわけでもなく、

「新兵衛さんの様子は歳相応、強いていえば老いがまた一段と進んだということであろう。まあ、食べたいものを食べさせてな、好きなことをさせておくしかあるまい」

と言われた。

元気な折は長屋の柿の木の下で、赤目小籐次になり切って木製の砥石で木刀などを研ぐ真似をしていたが、本物の小籐次が江戸を留守にしたこともあって、ぼうっとしている日が増えた。そんな新兵衛がこの朝、

「これ、お麻《あさ》、本日は登城ではなかったか。それがし、湯屋に行ってくるで、髪結いを屋敷に呼んでくれ」

とわりにはっきりした声音で言った。

「お父つぁん、湯などに行って疲れない」

とお麻が返すと、

「予は豊後森藩藩主久留島通嘉じゃぞ。湯屋には赤目小籐次を伴う」

と言い出した。

「あら、今日は赤目小籐次様のなり切りじゃないの。どうしたものかしら」

とお麻は桂三郎を見た。

「はっ、殿。それがし、赤目小籐次が湯屋にご案内申し上げます」

と心得た桂三郎が湯屋に行く従者になり、お夕もともかく湯屋まで従うことにしたのだ。

朝湯にしては、のんびりとした刻限、四つ半時分に馴染みの湯屋に行こうと木戸口を通りかかると、版木職人の勝五郎《かつごろう》が、

「おや、赤目小籐次様は、湯かえ」

と声をかけた。

「下郎、だれに向かって叫びおるか。予は久留島通嘉であるぞ」

森藩藩主になり切った体《てい》の新兵衛が叫んだ。

「なんだなんだ、本日は酔いどれ小籐次のなり切りじゃないのか」

「勝五郎さん、本日は私めが赤目小籐次でして、舅は森藩藩主の久留島の殿様です」

桂三郎が湯の道具を抱えていった。

「なに、研ぎ屋爺から貧乏大名の森藩一万二千五百石の殿様に出世かえ」

勝五郎が言って新兵衛を見た。

「赤目小籐次、不埒なる下郎、次直で一刀両断にせえ」

と通嘉の新兵衛が命じた。

「お殿様、湯殿の湯が冷えまする、急ぎませぬと」

と御女中に言葉だけ扮したお夕が言うと、

「おお、厠《かわや》通いの下郎に構っている暇はないか。よかろう、小籐次、そのほう、その下郎も湯殿に伴え。湯殿で詮議《せんぎ》致す」

と久留島通嘉になり切りの新兵衛が命じた。

「じょ、冗談じゃないぜ。おりゃ、さっき湯屋から戻ってきたばかりだよ」

と抗う勝五郎に、

「勝五郎さん、この際だ。二度目の湯屋に行きましょうよ。湯船でなにがあっても、私ひとりではどうにもなりません。勝五郎さん、仕事は閑《ひま》でしょう」

と桂三郎が言った。

「錺職の看板を掲げてよ、出世したと思ったらよ、おれに二度目の湯に行けと命じやがるか。お夕ちゃんがいるじゃないか」

「お夕は娘ですぞ。男湯に入れません、湯屋までは伴いますがその先は行けません」

「おお、そうだったな。だがおりゃ、湯銭も持ってないぞ」

勝五郎はあれこれと言った。

「湯銭はうちでなんとかします。殿様が公方様に出世しないうちに、どうか頼みますよ」

ふだんは頼み事をしない桂三郎に願われた勝五郎は致し方なく二度目の湯屋に行くことになった。そこへ読売屋の空蔵が姿を見せた。

「しめた、仕事だな。急ぎ仕事だな」

と勝五郎が念押しした。

「それが勝五郎さんよ、小ネタの仕事もないんだ。こちらに酔いどれ様からよ、文の一本もきてないかえ」

「なに、仕事じゃねえのか。そうだ、空蔵さんもよ、湯屋に行かないか。こんな日は賑やかなほうがいいよな。湯屋で読み物になりそうな小ネタが転がっているかもしれないぜ」

勝五郎が空蔵を誘った。

「湯屋ね、ここに来る途中、汗を掻いたな。ひと風呂浴びてこようか」

と空蔵が思わず乗った。

「お殿様、参勤交代ご一行出立にございます」

お夕は新兵衛の伴《とも》が三人連れになったのを見て、自分は家に戻ることにして湯銭を父親に渡した。

「なんとも賑やかな湯屋行きになりましたな」

桂三郎がふたりの連れを気の毒げに見た。

「森藩大名行列、湯殿に向かって御出坐」

と勝五郎の女房のおきみが井戸端から叫ぶと、

「へえー」

と長屋の女連が頭を下げた。

ひと騒ぎが演じられ、男四人が湯屋に向かった。

新兵衛の呆けが高じてこの界隈の人々は新兵衛が巻き起こす茶番を見慣れていたから、勝五郎が道々、

「森藩参勤交代にござる。下々の者、ど頭《たま》を下げよ」

と命じる声に、

「ははあっ」

と誰もが応じて頭を下げた。

湯屋の洗い場で体にかかり湯をかけた四人が石榴口《ざくろぐち》を潜って湯船に入ろうとすると、ひとりの客が空蔵を見て、あっ、といい、湯のなかに顔まで沈めた。

「おお、てめえは偽の次郎吉のひとり、置き引きの仙太だな。てめえ、大番屋から一刻ほど前逃げたそうだな」

と言いながら空蔵が湯船に飛び込み、

「おお」

と勝五郎も続いて、湯船のなかで二対一の格闘になった。嫌々湯屋に連れてこられた空蔵と勝五郎のふたりが大番屋に戻りたくない一心で派手に暴れる置き引きの仙太を摑まえた。

まっ裸の三人が石榴口を出るのを新兵衛が見て、

「赤目小籐次、偽の鼠小僧次郎吉など相手にはせぬか。ならば予とともに湯船を使うことを許す」

と言い、桂三郎と新兵衛は湯船に浸かった。

四半刻後、勝五郎だけが湯に戻ってきた。

未だのんびりと湯に浸かる桂三郎が、

「空蔵さんはどうしなさった」

と問うと、

「難波《なにわ》橋の秀次親分の手先に置き引きの仙太を渡してよ、空蔵は酔いどれ様の仕事場で最前の騒ぎを書いてやがる。なにしろ摑まえたのは空蔵とおれのふたりだ。だれにも文句は言わせねえ、大した騒ぎじゃないが派手な読み物にするな。おれの出番はもう少しあとだ、ともかくよ、この歳で裸の格闘なんぞするもんじゃねえぞ」

と勝五郎が言って湯船に入ってきた。

「下郎、予の前でしなびた金玉なんぞを見せるでない。赤目小籐次に手討ちを命じようか」

と新兵衛が命じて勝五郎が黙って湯船に浸かった。

三

森藩参勤下番の行列は、この日の行程、明礬山の下に藩主の久留島通嘉が再興したとされる照湯に投宿した。この照湯、藩主自ら掘り当てたというので大名湯とも呼ばれた。

駿太郎は初日の賦役をなした漁師の留次に別れの挨拶にいった。賦役の面々は早々に頭成に戻っていこうとしていた。

留次は照湯の外れの野地蔵のところで独り竹杖を携えて佇んでいた。足元には大きな竹籠が置かれてあった。

「留次さん、楽しい旅でした。だれかお待ちですか。お仲間は早々に浜へと下りていかれましたよ」

と駿太郎が訊くと、

「駿太郎さんよ、今晩、大名湯に入ってここに泊まるか」

「致し方ないでしょう。それにしてもどこへ行っても硫黄のにおいばかりですね」

駿太郎の言葉に当たり前だろうという顔で頷いた留次が、

「大名湯よりさ、野湯に入りにいかないか」

「えっ、野湯ってなんですか」

「おお、明礬をとる小屋を抜けてよ、山に入るとあちらこちらかってに湯が湧き出しているところがあるんだ。別府の海を眺めながら湯に入るのは、殿様と入る湯より気分がいいし、楽しいぞ」

「そうですか、この界隈は湯がいくらも湧いているんですね」

「草鞋の下からじんわりと温もりが伝わってくるだろう」

「ここから遠いのですか」

「駿太郎さんの歩きぶりならば四半刻でつくな。湯に入って野湯の小屋に泊まるのも一興やぞ」

「面白そうだな、野湯に夕餉を食するところがありますか」

「山のなかの野湯にめし屋などあるものか。この竹籠に昼めしがそっくり残っておるぞ。野湯に泊って、明朝参勤交代の行列に加われればいい」

駿太郎は留次の話に惹かれた。一瞬迷ったが、

「父上に許しを頂いてきます」

と言い残した駿太郎は、御座旅籠に行くと、うろうろする人混みのなかに池端恭之助の姿を見つけた。

「池端さん、父上はどこにおられますか」

「殿に誘われて大名湯に入られるそうです。御宿所におられます」

「ならば伝えてくれませんか」

留次の誘いで野湯に入り、小屋に泊まって明朝行列に合流すると告げた。

うーむ、と唸った池端が、

「駿太郎さんの歳で殿様と鯱張《しゃちほこば》って湯に入っても面白くありますまい。それがし、近習頭でなければ野湯に入ってみたいな」

と羨ましそうに言った。

「池端さん、明朝お会いしましょう」

と言い残すと留次の待つ野地蔵のもとへと戻っていった。

そんなわけでふたりは明礬を生産する小屋の間を抜けて山へと出た。

そこから竹杖をついた留次が案内していったのは、夏の花が咲き乱れて夕日を浴びた山道だった。どれほど登ったか、不意に野生の向日葵《ひまわり》が彩る夏草のなかに石組みの湯船が現れ、そこにこんこんと白濁した硫黄泉が湧いていた。そして、その傍らには清水も流れている。

「おお、これは凄い」

「大名湯よりよ、いいだろう」

「野湯はわれらだけの極楽湯ですね」

「もう、この刻限になるとだれも野湯には来ないからな、おれたちだけの湯よ」

ざっかけない小屋に入った駿太郎は大小を腰から抜くと道中着を脱ぎ捨て、裸

になった。用心のために木刀だけを手にして杣人《そまびと》が拵えた野湯に飛び込んで、

「これはいい」

と肩まで浸かった駿太郎は思わず叫んでいた。

留次も裸で野湯に入ってきて、

「駿太郎さんよ、向日葵の間から別府の海が見えようが」

と教えてくれた。

野湯の周りに向日葵が風に揺れていた。

「あぁー」

と思わず感動の声を洩らした駿太郎は、野湯のなかに立ち上がり、夏景色の山のむこうに夕暮れの海を見て、言葉を失った。

ふたりはしばし無言で野湯から向日葵と海を見ていた。

「海の先に見える陸影は、伊予ですね」

「おお、御座船三島丸が通ってきた伊予国よ」

留次が答えた。

ふたりが望む視界の左手に小高い岩があった。

「あれは、親子岩の父岩と子岩よ。参勤交代の行列が通る道を見下ろせる岩でな、

眺めはここよりいいぞ。ただし野湯はあの周りにはないな」

駿太郎はふと気付いた。ふたりを見張る「眼」だ。国家老一派だろうか。

「留次さん、親子岩に行ってみませんか」

「おれたち、まっ裸じゃぞ、褌《ふんどし》を締めるか」

「この刻限、だれぞ山に入ってきますか」

「人はおらんな。狐かタヌキ、猪くらいかな」

「ならばこのまま親子岩に登って別府の海を眺めてみませんか」

駿太郎の提案に留次が頷き、裸のふたりは木刀と竹杖を手にしただけで野湯から出て、裸足で向日葵をかき分け、一丁先の親子岩に向かった。大小の親子岩の間は一丈ほど離れており、大きいほうの高さが二丈余か。

駿太郎は監視の眼が薄れたのを感じながら木刀を手に親子岩の父岩によじ登った。花崗岩か、手がかりはあった。父岩の頂に立った駿太郎は、

「おおー」

と一段と大きな驚きの声を洩らした。

眼下に伊予へと続く海と狭門の全容が夕暮れの光に見えた。

留次は子岩に立ち、裸のふたりは言葉もなく海を眺めた。

「留次さん、ありがとう。こんな景色は、もうもうとした煙けむりごしでは見られません」

「あちらでもこちらでも立ち昇る湯けむりは、向日葵の大敵よ」

と留次が言い切り、

「ほれ、二丁ほど先に玖珠街道の石畳が見えよう。明朝、駿太郎さんはあの場で待てば参勤行列に加われるぞ」

と教えてくれた。

どれほど親子岩にいたか、監視の眼は消えていた。

さすがに裸のふたりは寒くなり、慌てて野湯に戻ると湯に飛び込んだ。

ふたりは白濁した野湯に浸かり、時が流れていくのにしばし身も心も委ねた。

「駿太郎さんよ、おりゃ、子どものころから野山が遊び場よ。鉄輪なんぞの湯宿の在るところより山のなかにぽつんとある野湯が好きなんだ。漁師になったいまも時折、山に入って独り野湯に浸かるのよ」

「留次さんの暮らしは贅沢です。久留島の殿様もこんな贅沢は知りませんよ」

「おお、野湯で殿様とあったことはないな」

と言った留次が小屋に上がり、竹籠のなかから昼めしだという竹皮包みを出してきた。

包みを開くと雑魚を炊き込んだ握りめしがいくつも入っており、焼き鯖や大根漬けまであった。

「どうだ、野湯のなかの夕飯は」

「贅沢の極みです」

「おお、野湯では小坂屋の旦那より漁師の留次が分限者じゃ」

「いかにもさようです」

と言い合ったふたりは、いささか熱い湯から上がって握りめしを頰張り、焼き鯖を手で摑んで食し、体が冷えると湯に浸かった。

「それがし、野湯を知って豊後にきてほんとうによかったと気付かされました」

「駿太郎さんならよ、野湯のよさを分かってくれると思ったんだ」

「父上も誘いとうございました。父が野湯でちびりちびりと酒を飲むことができたら、どんなによかったか」

と駿太郎は心《しん》から思った。

「竹籠によ、綿入れが入っているからよ。綿入れをかけて小屋に寝てさ、寒くなったら湯に入って温まればいい」

「母上にお知らせしとうございます」

「おっ母さんは江戸に残っておられるか」

「いえ、三河国でわれらが帰ってくるのを待っておられます」

と前置きした駿太郎は、三河におりょうが残った曰くを手短に話して聞かせた。

「なんだと、江戸の旗本と大名の相談方か。酔いどれ様と駿太郎さん親子の暮らしは妙だな。あちらこちらで頼りにされているようだ」

「世間が頼りにしているのは父上です。それがしは少し手伝っているだけです」

駿太郎が言った。

そのとき、駿太郎はふたたび監視の眼を感じ取ったが、敵意あるいは殺意だけの視線とは思えなかった。

(出てくるならば出てきなされ)

と胸のなかで呟く駿太郎に、

「そうかな。駿太郎さんが小坂屋の新頭成組の頭分朝霞八郎兵衛をやっつけたって噂を聞いたぞ」

「それがし、形《なり》は大きくても十四歳です」

「天下の武芸者、赤目小籐次様の子だよな。もっとも、おりゃ、魂消《たまげ》たぞ」

「なにに魂消られました」

「酔いどれ小籐次がじい様でよ、駿太郎さんの半分ほどの大きさしかないな、どういうことだ」

と留次が聞いた。

初めて赤目父子に会った人だれもが問う言葉だった。

「赤目小籐次はそれがしの実の父親ではありません」

「おうおう、それなら分かるな。おっ母さんは実の母親か」

この問いに首を振った駿太郎が小籐次の倅にならざるを得なかった経緯を告げた。

夏の日が落ちて、残照が向日葵を浮かばせた。

「なんてこった。赤目小籐次様と駿太郎さんの実の親父様は真剣で立ち合ったか。それであの爺様が勝ったというか」

「はい。それがしの実の父親須藤平八郎《すどうへいはちろう》様は、なかなかの剣の遣い手であったそうです。幾たびも養父はそれがしに話してくれます」

「そうか、駿太郎さんの体付きは実の親父様ゆずりか」

「はい」

「駿太郎さんはふたりの戦いを覚えておるか」

「いえ、それがし、産まれたばかりの赤子でした。須藤様は赤目小籐次に、『それがしが身罷った場合、この赤子を赤目様の子として育ててくれ』と願って尋常勝負を為したそうです」

駿太郎の言葉を留次は長いこと考えていたが、

「ほんもののお父つぁんはえれえな、そのお陰で駿太郎さん、幸せ者だぞ」

と言い切った。

（どういうことか）

駿太郎が留次を見た。

「駿太郎さんが大きかったら、実の親父様と育てのお父つぁんの戦いをよ、いまも覚えているということだぞ。おりゃ、耐えられない」

と当然のことを口にした。

駿太郎は、一昨年、丹波篠山に須藤平八郎の行跡を尋ね、産みの親の小出英《こいでえい》の供養に一家三人で行ったことを告げた。

「われら、江戸への帰り道に身内の血のつながりを感じました」

駿太郎の言葉に留次は無言で考えていたが、

「やっぱりよ、天下の武芸者の一家もほんものの親父様もえれえな。なんでもよ、じいっとしていて一家のつながりが生じるもんじゃねえよな」

「はい、つくづくそう感じました。ゆえに母上が三河にいるのも、われら父子、なんら不安に思うことはありません」

　駿太郎は、薫子が赤目一家に加わる話をしようかと思ったが、止めておいた。薫子については小籐次と駿太郎が三河で再会したのちのことだと思ったからだ。

　留次は赤目家の身内話に上気していた。

「さすがは赤目小籐次と世間で称えられる御仁だな。駿太郎さん、おまえさんは、ふたりの親父さんのよ、いいところを継いでいるんだよ。ただの十四歳であるものか。そう思わねえか」

「それがしにとって、ただ今の父と母は勿体ないお人です。赤目小籐次はそれがしの憧れの剣術家です、留次さん」

「おりゃ、江戸という所を知らねえ。おっ母さんにも会いたいぜ」

「はい。それがしも留次さんに会わせとうございます」

　野湯のなかでふたりの若者の話は果てしなく続いていた。

　十分温まって小屋に移り、留次が竹籠に入れてきた綿入れを被って寝た。道中着のふたりは湯の温もりと綿入れの温かさで、ことん、と眠りに就いた。

未明、駿太郎は監視の眼をふたたび意識した。

留次は鼾をかいて眠り込んでいた。

そっと起きた駿太郎は大小と道中嚢、木刀など持物を手に監視の眼の方角を目指した。

東の空がわずかに白んで伊予の海と陸が見えた。

親子岩の父岩の頂にひとりの人影があった。

醸し出す雰囲気は武芸者であることを示していた。が、刺々《とげとげ》しい敵意は感じ取れなかった。

大小と道中嚢を親子岩の下に置いた駿太郎は、昨日留次が登った子岩に上がった。

父岩の武芸者が立ち上がった。脇差を差し、大刀を手に携えていた。

「それがしに御用ですね」

「いかにもさよう」

と答えた口調に東国の訛りが感じられた。

「だれぞに頼まれましたか」

「そなたにはなんの恨みもつらみもない。ふた月ほど前、路銀に窮して道場破りを天領別府の町道場で為した折に、声をかけられたのだ」

「頭成の船問屋の関わりの者からですか」

駿太郎の問いには答えず、

「赤目駿太郎どの、歳はおいくつか」

と反問した。

「十四歳です」

「なんと」

と驚きの声を洩らした相手に、

「剣術家の尋常勝負に年齢は関わりありません」

と駿太郎が答えていた。

「さすがに赤目小籐次どのの子息かな。それがしの手前勝手を尋常勝負と呼んでくれるか」

「そなた様の姓名流儀をお聞きしてようございますか」

「駿太郎どの、人は生きてだれしも死ぬ。俗世間の姓名など無用でござろう」

と言い放った相手が手にしていた大刀を腰に差した。

その瞬間、初めて父岩に立つ相手から殺気が漂ってきた。

「路銀欲しさの仕事と申されるならば、そなた様の懐にはなにがしかの金子がありましょう。このまま他国に出ていかれませんか」

「赤目駿太郎どの、頼まれ仕事にもそれなりの義理が生じよう。わしの生き方に付き合ってくれぬか」

「戦いは避けられませんか」

「もはや問答は無用」

と応じた武芸者が鯉口を切った。

駿太郎は木刀を立てた。

「そのほう、剣術家同士の尋常勝負と言いながら、わしと木刀で立ち合う気か」

相手に困惑があった。

「それがしの生き方にございます。斟酌無用に願います」

「ならば冥土の土産に教えてやろう。雇い主の話では十三人の刺客のひとりとして、それがしを選んだそうだ。つまり十三人の剣術家でそなたが関わりを持つ大名行列を本日、どこぞで襲うというのだ。それがし、手付け金を受け取ったが、どうしても武術家の端くれとして大名行列の不意をつくやり方が気に入らんでな。

とあるお方からそなた、赤目駿太郎どののことを知ったで、かよう義理を果たそうとしておる」

「そなた様は、十三人から抜けたことで、もはや義理を果たしておられます」

「問答無用」

と宣言した無名の相手は大刀を抜き放つと上段に構えた。

無名の剣客を雇ったのは頭成の小坂屋ではない。森藩の国家老一派だと駿太郎は気付いた。

親子岩に立つふたりの間合いは一丈。高さは駿太郎の背丈ほど相手が高かった。父岩に立つせいだ。

両者は相手の攻めを待った。

駿太郎は先《せん》の先《せん》を選ぶ気はない。朝の到来とともに相手が戦う意欲を失ってくれれば、と期待していた。

だが、相手は律儀に金子で雇われた刺客の務めを果たそうとしていた。

高みの相手の腰がわずかに沈んだ。そして、伸び上がった瞬間、

「おりゃ」

という気合とともに虚空に、駿太郎目がけて上空から襲いかかってきた。

その動きに呼応するように駿太郎も垂直に飛翔していた。

幼いころから望外川荘の庭で飛び回り、立てた柱の頂きを木刀で叩いた稽古がいま、名乗ろうとはしなかった剣術家の予測を超えた飛躍となった。

父岩から飛んだ相手と子岩から飛翔した駿太郎の剣と木刀が親子岩の中間で絡み合おうとした。

一見、父岩の高さが有利かと思えた。だが駿太郎の、野湯に入り、小屋のなかで熟睡した体の飛躍力が、夏とはいえひと晩山で過ごした相手の体の強張りを凌《しの》いで、木刀が一瞬早く相手の肩口を叩いて親子岩の下の向日葵の群生のなかに転がしていた。

駿太郎は、父岩に飛び降りた。そして、崖下へと転がり落ちていく相手をちらりと見ると、その向こうの玖珠街道に参勤行列を認めた。

駿太郎が父岩から地面に飛び降りたとき、

「駿太郎さんよ」

と叫ぶ留次の声が野湯からした。

駿太郎は子岩の下に置いた道中嚢を背に負い、大小を腰に差し戻すと玖珠街道を上がってくる参勤行列へ向かった。

四

小籐次は駿太郎が芒《すすき》の原から出てくるのを見ていた。その背後には大小の二つの岩が親子の亀の頭のように芒の斜面ににょっきりと飛び出ていた。そして、岩の下には朝の微光に柔らかな黄色の褥《しとね》が風にそよいでいた。

向日葵の群生だ。

岩にひとりの人影が立った。

見覚えのある若者のようだが、遠目ではっきりとは分からなかった。

駿太郎は参勤行列の後尾に小籐次の姿を認めると、

「父上、おはようございます」

と挨拶した。

「見送り人がおるようだな」

という父の言葉に駿太郎が振り向くと、親子岩のひとつ、父岩に立った留次が手を振っていた。

駿太郎も手を振り返した。

「父上、漁師の留次さんです」

と小さく見える人物がだれか告げた。

「そうか、留次といっしょにひと晩過ごしたか」

「はい」

「どうであったな、野湯とやらは」

「それがしは殿様が入られる大名湯より、向日葵と芒に囲まれた無人の湯がなんとも長閑《のどか》で好きです。極楽がどのようなところか知りませんがこれがそうかと思いました」

駿太郎は父親にあれこれと野湯の楽しさを告げた。

「ほう、野湯とはそれほどよいものか」

「父上、森城下の帰路にご案内します。母上にも薫子姫にも入って頂きたいほど、身も心もほっとする湯でした」

「それはなにより」

駿太郎はもう一度手を振り返すと参勤行列の後尾の、荷馬などの賦役の人々との間に入り込んだ。

「父上、大名湯はいかがでございました」

「おお、なかなか立派な御湯御殿であったわ。じゃが、殿の心遣いには悪いが、わしも野湯に入りたかったのう」

　と小籐次が正直な気持を告げた。

「親子岩のうえから望む伊予の海は絶景ですよ」

「そうか、そうであろうな」

　と応じた小籐次の体から硫黄のにおいが漂ってきた。

「こちらはな、明礬小屋の湯けむりのなかをいく参勤行列、いいようがないほど珍しいものであったわ」

「やはりあの明礬の作業場のかたわらを行列は抜けていくのですか」

「おお、なんとも不思議な光景であったぞ。豊後森藩のほかに、あのような明礬の湯けむりとにおいに見舞われる参勤交代路はあるまい」

　と言った小籐次が、

「温泉の底にたまった硫黄分を湯の花とふつうはよぶそうだが、森藩の『湯の花』は、鉄明礬石が淡黄色に変わったものだそうだ。この地ならではの『湯の花』じゃそうな」

　と賦役方から教えられたか、駿太郎に告げた。

参勤行列の先頭はなだらかな山裾、芒の原に入っていった。

「かような山のなかに郷があるのでしょうか」

「新たな温泉の集落をわれらは目指しておるのだ」

「江戸で見る参勤交代は繁華な町並みのなか、大勢の人々の間を『下にしたに』といく厳めしい行列ですね。こちらは明礬小屋や芒の原、向日葵の群れを眺めての参勤交代、比べようもありません」

「参勤交代と一概に呼べんな」

と応じた小籐次は腰に次直を差し、手には竹杖を持っていた。

「父上、ひとつお知らせしておくことがございます」

「なんだ、野湯に誘われて厄介があったか」

「野湯に案内してくれた留次さんも知らないことです。昨日来、なんとなく見張られている気配でした。未明に目覚めると、親子岩に東国の出と思われる刺客のひとりが待ち受けておられ、戦いを挑まれました。留次さんが立っていた親子岩のふたつの頂で、剣術家同士の尋常勝負を為さざるをえませんでした」

「相変わらず小坂屋は愚行を繰り返しておるか」

「いえ、小坂屋ではなく国家老一派が雇った刺客の一人《いちにん》と思われます」

と前置きして手短に経緯を語った。

「国家老は十三人の刺客を集めたというか」

「そのようです」

「その者、斬り捨てたか」

「いえ、それがし、木刀で立ち合いました。名も流儀も名乗られませんでしたが、なかなかの遣い手でした。それがしの木刀がそのお方の肩口を掠《かす》り岩から転落なされました。おそらく骨が折れた程度の傷かと思います。勝負は寸毫《すんごう》の差でした」

駿太郎の報告に小籐次が頷いた。

「そなたがひとり倒したゆえ刺客は十二人ということじゃな」

「はい」

「その刺客どもが森陣屋までのどこぞの山道で参勤行列を襲うというか。呆れた話よのう」

「父上、参勤交代の最中です。殿様にこのことをお知らせすれば行列は混乱し、厄介が生じましょう」

「参勤行列には国家老一派の家臣もおるというのにのう」

「頼りになる味方は、われら親子と池端恭之助様の三人だけでしょうか」

と駿太郎が問うた。

「いや、このところわれらの前から姿を消しておられた物頭の最上拾丈どのが姿を見せてな、ただ今は殿のお駕籠の傍に従っておられる。道中奉行の一ノ木五郎蔵どのは二派には与《くみ》せず、殿に忠勤を尽くすお方という話だ。となると、五人対十二人の戦いになるか。ならばなんとかなろう」

森藩が二派に分かれて内紛の最中とはいえ、藩主の参勤交代の行列を家臣が襲うというのだ。小籐次の顔は深刻だった。

「親子岩で戦ったお方が別府の剣道場で声をかけられたのは、二月以上も前と申されました。敵方は用意周到です」

「つまり国家老一派は、最初から小坂屋の新頭成組など頼りにしてはいなかったのだな。事実首領の朝霞八郎兵衛がそなたに斃されて一味は瓦解したであろう。国家老にとって最後のとっておきの秘密が十三人の刺客であったのか」

「刺客が参勤行列を襲う狙いはなんですか。まさか殿の通嘉様に危害を加えようなんてことはないでしょうね」

「本末明、そなたが戦った相手はそのことに触れなかったか」

「いえ、なにも。さようなことは聞かされていなかったと思えます。承知ならば必ず話したでしょう」

「殿に危害を加えたとせよ。国家老の嶋内主石は森藩をどうする気だ。跡継ぎは通容《みちかた》様がおられるが、病弱と聞いておる。その他には姫様が四人じゃそうな。国家老がなにを考えてのことか、さっぱり判らん」

と小籐次が呟いた。

「父上、物頭の最上様はなんぞ承知ではございますまいか」

「物頭は武官の上位、筆頭物頭の最上どのの下にも物頭がおふたりおられ、三人の物頭の下にそれぞれ家臣が配されておるそうだが、三組のうち二組は国家老一派が占めておるとか。刺客を承知かどうか、最上どのに尋ねるのは、この際大事じゃな」

小籐次は、休息地でちらりと最上と会ったが、かような話は物頭から出なかったと言った。

「次なる休息地はどこでしたか」

「塚原と聞かされておる」

塚原は、現在の湯布院の一部にあたる。

ちなみに「ゆふ」とは楮《こうぞ》の皮からとれる繊維を使って織られる布のことで、院とはそのゆふを納める蔵のことという。

「塚原に着く前に池端さんや最上様方と話がしたいですね」

駿太郎が言ったとき、赤目父子を待ち受けてのことか、与野吉が芒の原に立っているのにふたりは気付いた。

「与野吉さん、ちょうどよかった。次なる塚原の郷にたどり着く前に池端様や最上様とお会いすることはできませんか」

と駿太郎が質した。

「わが主も同じ考えで、それがしが待ち受けておったのです。塚原には休息の折、立ち寄る御座所があるそうです。その傍らに生えておる櫟《くぬぎ》の老木の下に詰め所があるとか。詰め所を最上様が抑えておくとのことです」

駿太郎はそれでも致し方ないかと思った。

「池端どのに承知したと伝えてくれぬか」

小籐次の言葉を持って与野吉がまた芒の原へと姿を消した。

ゆったりとした参勤交代の行列の前方にそれなりに高い山並みが見えてきた。

「あの山はなんですか」

駿太郎は後ろから従う賦役の老人に訊いた。

「お侍さん、いちばん高けえ峰が由布岳じゃ。高さは五二〇丈（およそ一五八三メートル）かのう。周りをいくつもの山に囲まれた平地が塚原の湯、由布の郷じゃ」

と教えてくれた。

しばらく進んだ参勤行列が不意に止まった。

縦長の行列が行く手の霧に阻まれたようで横に広がった。

小籐次と駿太郎父子も由布の山並みを残した霧の白い壁に阻まれていた。なんという光景か。

「お侍さんよ、由布の靄《もや》は半刻（一時間）もすれば消えていくぞ。こんな折は参勤交代だろうが旅人だろうが霧が晴れるのを待つしかねえな」

と最前由布岳のことを教えてくれた年寄りが話した。

「致し方ないか」

「致し方ねえ」

小籐次と年寄りが言い合った。

由布岳の頂を残してもくもくとわく霧の海が幻想か現《うつつ》か分からないまま、駿太郎は無言で見詰めていた。

父子のところに与野吉がふたたび姿を見せて、

「最上様が待っておられます。わが主は殿様のお乗物の傍らから離れることはできません」

と小声で告げて、最上のいる場所へ案内に立った。

参勤交代の行列の後ろのほうまで霧が流れてきて国家老一派に気付かれずに行動するには都合がよかった。

近習頭池端恭之助の中間与野吉は、一度森藩の陣屋を訪ねているだけに、よく頭成からの道を承知していた。

最上は薄い霧の流れに覆われた行列から離れた芒の原の一角に待っていた。

「おお、赤目様、国家老一派の家臣たちの動きが訝しい」

と最上が言った。

「そのことよ。駿太郎、そなたが話せ」

小籐次が最上の言葉に応じて駿太郎に命じた。

駿太郎はひと晩泊った野湯での出来事を告げた。

「なんと国家老は、十三人の刺客に参勤行列を襲わせる心算か、なんという企てであろうか」

と最上は言葉を失った。

「最上どの、国家老の嶋内主石はまさか藩主を弑《しい》する気ではあるまいな」

小籐次が駿太郎の懸念を最上に問うた。

「あの者が凶悪な大罪である主殺しを為すとは思えませんな、それほど大胆な所業をなす御仁とも思えません」

と最上が国家老のことをあの者と呼び、しばし沈黙したのち、

「やはり赤目様父子とわれら殿に忠勤を誓う一派の殲滅《せんめつ》ではないでしょうか。また国家老の配下には剣呑な者たちがいると、殿に伝える気ではございませんか」

と考えを述べた。

「最上どの、公儀とて馬鹿者ばかりではないぞ。かような騒ぎを聞きつければ大目付が必ず動こうぞ」

「赤目様、ご覧くだされ。江戸から二百数十里離れた森の所領は、現の景色も見えぬ霧のなかですぞ。江戸の大目付が霧のなかの騒ぎに気付くとは思えませんな」

と最上が言い切った。

赤目小籐次が老中筆頭の丹波篠山藩主青山忠裕《あおやまただやす》と深い付き合いがあり、これまで幾たびも青山の意向にそって公儀のために働いたことを最上は知らないのだ。

「江戸うんぬんは別にして、最上どの、十二人の刺客が藩主に忠勤を尽くす面々を襲うとしたらどこでござろう」

「最前からそのことを考えておりますが、一か所しか思い当たりませぬ」

「ほう、どこかな」

「参勤行列が疲れ切って差し掛かる最後の難所、八丁越《はっちょうごえ》、またの名を八丁坂《はっちょうざか》と申す八丁ほどの石畳の坂かと存ずる。それがしが刺客のひとりであったとしてもこの場に狙いを定めます」

「八丁越は森城下の近くですな」

「はい、由布の郷から今宿、小松台と集落を通って最後に差し掛かるのが八丁越、一番険しい場所です」

「さあてどうしたものか」

小籐次と最上があれこれと話し合っているうちに霧の様子が変わったことに駿太郎は気付いた。

賦役の年寄りは、半刻で霧が消えると予想したが、霧の海が大きく上下左右に動きだし、割れ目の間から平地が見えてきたとき、参勤交代の行列が止まらざるを得なくなって一刻はたっぷりと過ぎていた。

「父上、ご覧ください、薄れゆく霧の間から平地が、郷が見えてきましたぞ」

「駿太郎さん、赤目様、あの郷が由布郷塚原です」

と最上が親子に教えた。

「なんとも美しい光景かな」

参勤行列に立ち塞がる危機を忘れて、小籐次も感動の声を洩らしていた。

参勤交代の一行が霧の薄れた由布郷塚原へと向かって急ぎ下り始めた。一刻も待機させられたのだ、森陣屋への到着を気にしてのことだろう。

小籐次と駿太郎もこれまでどおり行列の最後尾に従った。

「今日の霧はなかなか晴れなかったな」

と賦役方の年寄りが親子に話しかけた。

「そなた、名はなんというな」

「わしか、照湯の秋吉《しゅうきち》や。もともとは明礬をとる職人やったがな、倅があとを継いだで隠居じゃ。かような銭のでん賦役方は倅に代わってわしがやるのよ」

「秋吉さんは、本日、どこまでいくな」

「そりゃもう由布郷で賦役は終わりやぞ」

「照湯に戻るのじゃな」

秋吉が頷くと、

「由布郷でちと頼みがある」

「頼みとはなんだ」

「秋吉さん、そなた、森陣屋まで玖珠街道を承知であろうな」

「おお、玖珠道中ならば石畳の一枚一枚まで承知じゃぞ」

「よかろう。日当は、一分払うでわれらの用事を頼まれてくれぬか、どうだな。もし、明日までかかるようなれば、二分になる」

秋吉爺が茫然として、

「一日一分」

と呟き、小籐次の顔を見て、

「おまえ様、酔いどれ小籐次というのは真のことか」

と質した。

「いかにも世間では奇妙な名で呼ばれておる。その昔、森藩の厩番をしていたこともあってな、こたび殿様に森陣屋に誘われたのだ」

「酔いどれ様、一日一分、千文はこの界隈では法外な日当じゃぞ。二日めも一分払ってくれるというのか」

「案ずるな、前払いをしてもよい」

「天下の酔いどれ小籐次様が前払いじゃと。御用が済んだ折に日当を貰えればええ。孫にな、なんぞ土産を買うていけるぞ」

と秋吉と小籐次の相談が済んだ。

「賦役仲間にわしが一日二日照湯に帰るのが遅れると倅に伝えさせていいか」

「むろん知らせなされ。なんぞわれら親子のことを知りたければ殿様に訊いてくれぬか」

「わしは酔いどれ様と違うぞ。久留島の殿様に直に口が利けると思うてか」

という秋吉に小籐次は二日分の手当て二分を懐紙に包んで渡した。

「魂消た、ほんとうに前払いでもらってよいか」

「おお、そなたの知恵を借りたいでな。じゃが、そなたがわしらの手伝いをすることを参勤行列の面々に気付かれないようにしてくれぬか。そなたに迷惑がかかってもならんでな」

「酔いどれ様は、殿様の招きで森陣屋を訪ねるのじゃな」

「いかにもさよう」

小籐次が応じたところで参勤交代の行列は由布郷、塚原に入っていった。

この郷で新たな賦役の面々が待ち受けていて、照湯からきた秋吉らと交代するのだ。

「よし、わしの仲間に二分を渡してくるぞ。どこで赤目様と会えばいいか」

「われらは初めての玖珠街道じゃ、ふたりして参勤交代の一行を離れてしばしの間、由布郷に残るでな。そなたがわれらを探せ」

と命じると、

「おお、分かった」

と言った秋吉が、

「由布郷でなんぞ用意する物があるか」

「あとでな、再会した折に話し合おうか」

小籐次が返事をすると秋吉が仲間の下へと走って行った。

「父上、なんぞ策を考えられましたか」

「思い付きじゃ、秋吉の知恵を借りて企てを練ってみようか」

由布郷から由布岳のなだらかな頂が見えて、なんとも美しい光景だった。

第四章　十二人の刺客

一

　三河国旗本三枝家の所領に、譜代大名田原藩藩主の三宅康明《みやけやすてる》がお忍びで訪ねてきた。

　出迎えたおりょうは、康明の和やかな笑みに安堵があるのを見た。

「殿様、なんぞよき知らせがございましたか」

　と質すおりょうに、

「おりょうどの、薫子姫、江戸から書状が届きましたぞ」

「ほう、どなた様からでございましょう」

「老中青山忠裕様の家臣からの代書でございまして、主の言葉を内々に予に伝えるとの文でした」

おりょうは、家臣とは忠裕の密偵中田新八《しんぱち》とおしんであろうと察した。

「殿様、老中青山様のお言葉はどのようなものにございましたか」

康明の穏やかな口調を感じ取った薫子が問うた。

「姫、わが田原藩、こたびの一連の騒ぎに関して公儀は公には知らず、なんら田原藩の存続に影響なし、今後とも藩政に尽力されよとの老中の意を伝えるものでございました」

「なによりの知らせにございます。おめでとうございます、康明様」

と薫子の祝いの言葉に、

「予が推量するにおりょうどのの亭主赤目小籐次どのの助勢があってのことかと思われます。いかがかな」

康明の問いにおりょうが、

「いかにもわが亭主は老中青山様と昵懇の付き合いがございます」

とあっさりと答えた。

「母上、お身内三人で老中青山様の国許丹波篠山に参られたのでございますね」

「駿太郎の実父の須藤平八郎様は、青山様の家臣でございました。ゆえに須藤様の行跡を尋ねるとともに実母小出英様のお墓参りに参った次第です。むろん青山の殿様のお許しがあっての篠山滞在でございました」

自分を母上と呼んだ薫子の問いにおりょうは答えていた。

三宅康明は、赤目小籐次が老中青山の影の存在ながら公儀のために尽くしていることを田原藩での小籐次の迅速な始末ぶりとこたびの書状により察していた。

「赤目小籐次どのと駿太郎父子が三河に戻った折にお礼は為す所存にござる」

と言い切り、

「三枝家によき知らせがあるとよいが」

と康明は三枝家の存続まで気にかけた。だが、

「康明様、それはもはや叶いませぬ」

と薫子は明言した。

「ただし未だこちらには江戸からなんら公の知らせはございませぬ。諸々考えた末に三枝家の所領を公儀にお返しするのが宜しいかと思い、その考えを赤目小籐次様を通じて公儀に伝える決意です」

「やはり三河を離れて江戸に戻られますか」

との三宅康明の残念そうな言葉に薫子がおりょうに不じゅうな眼を向けた。

おりょうは薫子の言わんとすることを直ぐに察した。おりょうが頷《うなず》く気配を察した薫子が、

「この一件、豊後の赤目小籐次様から返事は未だ頂戴しておりませぬ。されどおりょう様から康明様にはどなた様より早くお伝えなされと許しを得ておりますので、お話し申します」

「ほう、どのようなことでございますか」

康明は先を促した。

「最前、赤目りょう様をわたしが母上と呼んだのを康明様はお気づきでございましょう。おりょう様から、薫子を養女として赤目家に受け入れてくれるとありがたいお話がございました。康明様、わたしに新しい父上と母上ができるのです」

薫子の言葉は喜びにあふれていた。

「おおー、それはよい。わが田原藩の処遇以上によき知らせですぞ。赤目小籐次どのが父御、おりょうどのが母御ですね」

「駿太郎様はわたしの弟でございます」

「それはよかった。これ以上の知らせはない」

と譜代大名の三宅康明は素直にも喜びの言葉を幾たびも繰り返し、

「おりょうどの、予が次なる参勤にて在府中に、望外川荘を訪ねてもようございますか」

と願った。

「むろんです。なによりわが娘は康明様と話が合いますで、いつなりともお出でなされませ。わが亭主どのといっしょにおれば、退屈だけはしません」

とおりょうが微笑んだ。

「康明様、とは申せ、肝心の、豊後におられる父上からなんの返事も未だありません」

薫子が一抹の不安を述べた。

「ご案じなさいますな。豊後国は西国、摂津大坂から瀬戸内の灘をいくつも御座船に乗って水行すると聞いております。未だ船旅の最中かもしれませんぞ」

「えっ、未だ父上も弟も豊後に着いておりませぬか」

「船旅は風と波次第です。ときに摂津から豊後まで二十日からひと月もかかると、詰の間の大名に聞いたことがございます」

「豊後は遠いのですね」

「三河から江戸まで東海道を伝っていけば、大井川、箱根峠と難所はございます。

されど陸路を歩くのです、日にちは読めます。一方、内海とはいえ御座船の船旅となるとそう容易くはありません、薫子姫」

と康明は言いながら、なんと懐から絵図面を取りだした。

それを見たおりょうは、田原藩藩主は瀬戸内の船旅を薫子のために調べたかと思った。

「薫子様、ここに摂津大坂から豊後国までの瀬戸内の絵図面がござる。ようござるか、予が姫の手を握って摂津から豊後森藩の飛地、速見郡辻間村頭成まで絵図面のうえで船旅を致しまする」

康明は目が不じゆうな薫子に許可を求めた。

「薫子にお気遣い恐縮です。ぜひわたしの手をとって教えて下さいまし。父上と弟が辿った瀬戸内の船旅を薫子もしとうございます」

「姫は未だ木の上の小屋から三河の海を見ておられますか」

薫子の返事を聞いた康明が話柄を転じた。

「はい。朝の光で漁りをする舟も近ごろでは見分けられるようになりました」

「三河の海が薫子姫の眼をよく見えるようにしてくれましたか。姫、瀬戸内には大小無数の島々がございましてな、大坂から豊後までいくつもの灘と称する内海があって得も言われぬほど美しい景色と聞いております。三河の内海がいくつも入るほどの広さですぞ」

と言った康明が薫子の右手を優しくつかみ、

「ようござるか。京の都から淀川三十石船で大坂の内海に下ってきた赤目小籐次どのと駿太郎どのは大坂の沖合に泊まる御座船に乗られて、ほれ、ここにある瀬戸内第一の大きさの淡路《あわじ》島と明石の間の狭い狭門をぬけて、播磨《はりま》灘に入られましたぞ」

康明は薫子の手を絵図面の上で動かしながら、赤目小籐次と駿太郎が旅した瀬戸内を丁寧にやさしくなぞって教えた。


「おい、子次郎さんよ、田原の殿さんはよ、三枝の薫子姫の手なんか握ってよ、なにをしてんだよ」

楠の大木の小屋から離れ屋の縁側の三人を見た波平《なみへい》が子次郎に尋ねた。偶《たま》さか田原藩の殿様が三枝家の所領を訪ねたとき、波平が子次郎を訪ねて木小屋にいたのだ。

「ありゃ絵図面だな、きっと大坂から豊後辺りの絵図面だと思うな」

「絵図面だって、眼の見えない姫になにをしようてんだ」

「おれの推量だがな、絵図面のうえを触ってよ、酔いどれ小籐次様と駿太郎さんの船旅を姫様に教えているんだよ。ふたりの絵図面のうえの旅をおりょう様がにこにこ笑って見ているよな」

「殿様って、娘ならばだれでも手を添えていいのか」

「殿様と姫様のふたりは大らかなものだな」

「うちの殿様、姫に惚《ほ》れたのか」

「下卑《げび》たことは言いっこなしだ。おれもさ、江戸の旗本屋敷に忍び込んでさ、金を漁っているときよ、姫に話しかけられた瞬間、金を盗みに入ったことを忘れてさ、ぽかんとしていたな。姫様は男の下心なんぞを吹き飛ばす力を持っていなさるのさ。ただ今の三宅の殿様は姫様の無垢《むく》な心に無心に応《こた》えておられると思わないか」

「そうだよな、薫子姫は観音様みたいなお方だもんな。おりゃ、薫子姫の顔をよ、まともに見られなくてよ、手を合わせたくなるもんな」

と漁師の波平が真面目な顔で言い切り、

「三河じゃよ、殿様までが薫子姫を豊後だかに案内しているんだぞ。酔いどれ様と駿太郎さん、そろそろ三河に帰ってこねえか」

と言い添えた。

「そりゃ、無理だ」

「なぜだ」

「おりょう様のところに酔いどれ様からも駿太郎さんからも文がないもの。まだ豊後の森藩の城下についてないのさ」

「えっ、豊後ってそんなに遠いのか」

「薩摩《さつま》国と同じ九国だ、遠いな」

ふーん、と鼻で返事をした波平は、

「おい、近ごろ姫様がよ、おりょう様を母上と呼んでねえか」

と話を変えて尋ねた。

「そうか、波平さんも気が付いていたか。こりゃな、もはや三枝家の旗本身分での相続は無理だということよ。殿様が酒狂い、博奕《ばくち》狂いでよ、賭場の用心棒にあっさりと殺されちまったんだ。譜代の旗本もなにもあったもんじゃねえや」

「その話なら漁師のおれだって推量つくぞ。おれが尋ねたのは」

「だからさ、姫がおりょう様を母上とよぶ一件だろ。そりゃ、おりょう様が薫子様に赤目一家の身内になりなされと声をかけてな、薫子姫も承知したということじゃないか」

「身内ってどういうことだ」

「だから、姫のおっ母さんがおりょう様でよ、親父が酔いどれ小籐次様でよ、てえことは年下の駿太郎さんは姫の弟だな」

「なんだ、姫の姓が三枝から赤目に変わるってことか」

「じゃなきゃあ、母上なんて呼ぶか」

「だよな」

と応じた波平が子次郎をじぃっと見た。

「おめえはどうするのよ」

「姫が江戸に戻ってよ、おれと老女のお比呂さんが三河に残るわけにもいくまい。おりゃな、酔いどれ小籐次様のような真似はできねえが、生涯姫のそばでなんぞ手助けしたいのよ」

「えっ、鼠小僧次郎吉に戻ろうっていうのか」

「いや、おりゃ、盗人には戻らねえ。なんの手伝いができるか知らないが、三河に来てよ、これからはまともな稼業をしようと決めたんだ」

と子次郎が淡々と答えた。

「おめえも赤目一家の身内になりたいのか。おお、待てよ、酔いどれ様の屋敷は大勢が住めるほど大きいか」

「江戸外れの須崎村だがな、隅田川の岸辺にある赤目様の住まいの望外川荘は、船着場をもつ広い屋敷だ。姫と老女が住むくらいなんでもねえな」

「酔いどれ様って分限者にはみえないがな」

「ああ、見えないな」

「だって、研ぎ屋なんだろう、あの親子」

「おお、包丁一本研いでよ、酔いどれ様は四十文、駿太郎さんは二十文の研ぎ賃だと聞いたぜ」

「いつかそんな話をおまえから聞いたよな、ほんとのことか」

「貧乏人の裏長屋のかみさんの研ぎ代はとらないこともあるってよ」

「そんでいて、うちの殿様を始め、あちらこちらの殿様と付き合いがあるんだろ。妙じゃないか」

「殿様どころか公方様に拝謁したこともあるぞ、あの父子」

「公方様って将軍様だな。やっぱりよ、研ぎ屋の親子がおかしいぞ、子次郎さん」

「おかしいさ、それが酔いどれ一家の生き方なんだよ。駿太郎さんの刀を見たろ、公方様から頂戴した刀を差した十四歳がいるか」

「いないよな」

と言った波平が離れ屋の殿様と姫を見て、

「うちの殿様もおりょう様の前ではよ、まるで餓鬼っこだな」

「餓鬼っこということはあるまい。波平さんよ、せめてよ、若殿様といいな」

「ひねた若殿様と無邪気なお姫様な。で、いつよ、酔いどれ小籐次様はよ、三河に戻ってくるんだ」

と波平は話を元へ戻した。

「二月先だな」

「そしたら、姫様も酔いどれ一家もおめえも三河からいなくなるんだな、江戸に戻るんだな」

「おお、まず酔いどれ様に相談することになりそうだ」

「三河がよ、いやさ、殿様とおれたちがよ、急に寂しくなるぞ」

と波平がぽつんと呟き、木小屋を見廻した。

「姫もおめえもいない木小屋なんて、おりゃ、いらねえや」

「元へ戻すというのか。この楠の大木は三河の漁師の御神木だったよな」

「おお、おれたちはよ、海から御神木を拝んでよ、姫とかよ、おめえを思い出すぜ」

「波平さんよ、小屋を壊すのはいつでもできる。赤目様と駿太郎さんが三河に戻ってくるのを待たないか」

「ああ、酔いどれ様になんぞ考えがあるかもしれないな」

「なんともいえないが、酔いどれ様と三宅の殿様が知恵を貸してくれるかもしれないな」

と言ったとき、老犬のゴンタがワンワンと吠えた。

ふたりが下を見ると、薫子の手を引いた三宅康明に向かってゴンタが吠えていた。

「これ、ゴンタ、三宅の殿様に吠えるのではありません」

と薫子のひと声で老犬は御神木の根元に座り込んだ。

「てえへんだ、姫が殿様を木小屋に誘ったんじゃないか」

と波平が仰天した。

三河の漁師にとって江戸の公方様より偉いお方が田原藩の藩主なのだ。離れ屋の庭の一角でお忍びの乗物が控え、数人の家臣たちが不安げに藩主の行動を眺めていた。

「子次郎はおりますね」

「へえ、おれたち、なんぞやることがあるかえ」

「いえ、わたしと康明様を木小屋に上げる手伝いをなされ」

「殿様が木小屋に上がりたいってか。こりゃ、てえへんだ」

と応じながらも子次郎がまず薫子を木小屋に上げる布椅子を下ろし、次いで波平が下に降りた。

「姫、あの者は姫の小者かな」

「殿はご存じありませんでしたか。元祖鼠小僧次郎吉です」

「まさかさようなことは」

「わたしと元祖の鼠小僧次郎吉が会った経緯は、木小屋の上でお話しします」

「姫の周りには酔いどれ小籐次どのから鼠小僧の次郎吉まで数多《あまた》風変わりな御仁がおられますな」

「はい」

と薫子は返事をした。

手先が器用な子次郎と漁師で怪力の持ち主の波平のふたりは、十数貫ものの重さの大型漁具などを引き揚げる滑車を利用して、木小屋に人ひとりを引き上げる単純な道具を造り上げていた。それは麻縄の先端に布椅子をしっかりと固定して木小屋から楠の根元に下ろすのだ。これまで幾たびか木小屋に登り降りした薫子が波平の手伝いで布椅子に座り、木小屋のうえの子次郎が道具を使ってあっさりと運び上げた。

「殿」

と家臣たちが藩主の無謀を諫《いさ》めようとしたが、

「かまわぬ。そなたらは離れ屋にて待っておれ」

と命じられて老臣たちはおろおろした。康明は、

「庄左衛門《しょうざえもん》、三枝家の姫も木小屋に上がられたのじゃ。予は漁師らが崇める御神木の楠の上からわが海と所領を眺めたいだけじゃ」

と言って老臣たちを下がらせた。

「おい、子次郎、殿様を木小屋に上げておれたち咎《とが》められないか」

木の下で波平が困惑の顔をした。

「波平さん、お殿様はお優しいお方です。案ずることはございません」

との薫子の言葉に布椅子に乗った康明を子次郎が上手に道具を操作して木小屋へと上げると、

「ご苦労であった。鼠小僧次郎吉」

と康明が労った。

「魂消たぞ。お姫様、おれの正体まで喋っちまったよ」

と木小屋から下りた子次郎がにたにたと笑い、

「子次郎、田原藩の役人たちがおめえをとっ捉《つか》まえにくるぞ」

と波平が言った。

「そんときはそんときよ」

と言い合うふたりをしり目に、

「おお、姫、わが城の物見台よりこのご神木の木小屋は眺めがようございますぞ」

「で、ございましょう」

と言い合った。

二

「森営東到帆足郷今宿村五里所経上之市、帆足、岩室、宮下、書曲、松木、辻二里今宿三里是速見郡界」

と、この玖珠街道今宿村辺りを述べたのは田能村竹田《たのむらちくでん》の『豊後国志』だ。

森藩主久留島通嘉の参勤交代は、今宿を通過して日出生《ひじゅう》台に向かっていた。田能村が記述した玖珠街道と反対に森藩の参勤行列は西へと進んでいるのだ。

どちらにしても江戸定府の近習頭池端恭之助には言葉が見つからず玖珠街道を、

「山中」

と表現するしかなかった。

今宿村から行く手の日出生台はなだらかな傾斜の広大な草原だった。ちなみに日出生台は、現在自衛隊の日出生台演習場として使われている。

傍らの芒の原から与野吉が姿を見せた。

「なんぞあったか」

主の池端恭之助の背後にすっと寄り添った与野吉が、

「赤目小籐次様と駿太郎様の父子が行列から姿を消しました」

と小声で告げた。

ふたりは御駕籠から少し間合いを置いた。

与野吉は口を開けることなく池端に告げた。また池端も辺りの者に聞こえぬよう応答することができた。近習頭とその中間は、伊賀者や甲賀者のような人前で声を出すことなく話し合える技量を持っていた。主従ふたりは御駕籠の通嘉に聞かれずに問答を為した。

「物頭の最上様も行列のどこにもおられませぬ」

池端はしばし沈思した。

「赤目様と最上様は濃霧に隠れた由布郷を見下ろす地で話し合われたのであったな」

「はい。しばしふたりだけで話されておりました。姿が見えなくなったのは行列が由布郷を出た辺りからです」

「赤目様方と最上どのはいっしょであろうか」

と呟いた池端は、

「与野吉、刺客が行列を襲うとしたら日出生台と思うか」

とこたびの参勤下番を前に森城下に江戸から下見に行かせた与野吉に問うた。「さあてどうでしょう。ただ赤目様が姿を消される前に私めに、『八丁越はどのようなところかのう』、と独り言のように呟かれました」

「そなた、なんと答えた」

「私めが知る八丁越は石畳の坂が八丁ほど続き、坂道の両側は樹木に覆われております。ために日出生台のように広々とした処ではございませんと答えました」

「赤目様はなんぞ答えられたか」

「逃げ場所はないか、と一言だけ呟かれました」

十二人の刺客が行列を襲うとしたら八丁越と、小籐次は与野吉に伝えたのではないか。むろん近習頭の主に与野吉が報告することを見越してのことだと、池端は考えた。

ともかく刺客の襲撃に抗するべく赤目父子と最上拾丈の三人は、行列から消えたのだ。となると事が起こるとしたら、

「八丁越」

しかないと池端は考えた。

池端恭之助と与野吉主従に知らせなかったのは、近習頭まで行列から離れるこ

とで国家老一派の面々に訝しく思わせないようにではないか。池端は、

「日出生台から八丁越まで何里あったな」

と昔一度だけ参勤交代で往来した玖珠街道の距離を与野吉に確かめた。

「森陣屋から今宿村まで五里あまりと聞いております。八丁越は森陣屋から一里と離れておりませぬ。この日出生台から二里ほどの先の、行列にとって最後の難所でございます」

与野吉の返答に池端は、長閑な陽光に照らされたなだらかな台地を見た。

参勤行列は、山に囲まれた由布郷の濃霧のために一刻ほど歩みを阻まれていた。刻限はすでに昼下がり八つ（午後二時）前後ではないか。予定よりはるかに遅れていた。

そのとき、行列の背後から、

「松明を用意したか」

と道中方が賦役方に質す声が聞こえてきた。

道中方もまた参勤行列が森城下に到着する刻限が日没後になりうると考えていた。さらに道中奉行の一ノ木五郎蔵と思しき声が行列の先頭から流れてきた。

「参勤行列、足を速めよ」

と行列を急がせた。

一ノ木は森藩のなかで国家老派にも江戸藩邸派にも与せぬ中道派、藩主に忠勤を尽くす人物と考えられていた。

池端は、お駕籠の傍らに戻った。

その気配を知った通嘉が、

「なんぞあったか、池端」

と質した。咄嗟にただ今起こっている事実を藩主に伝えるべきだと近習頭は考えた。

「殿、おみ足がお駕籠のなかで強張ってはおられませぬか」

池端は山道を駕籠に乗り続ける藩主を気遣う言葉をかけた。しばしの間があって、

「陸尺《ろくしゃく》、駕籠を止めよ。予はしばし歩くぞ」

と通嘉が命じた。

陸尺が道中奉行の一ノ木にその意を伝えると駕籠を止めた。殿が駕籠から下りて歩かれるようだと行列の者たちにも話が伝わった。

通嘉と近習頭が内緒の問答を為すには、ふたりして徒歩でいくのがよい。池端

は、通嘉の足の強張りを理由に駕籠から下りてもらう算段をなしたのだ。

空になった駕籠がふたたび動き出し、そのあとを通嘉が道幅一間もあるかなしかの玖珠街道を進み、その半歩斜め後ろに池端が従った。

「殿、この先にて待ち受けておる者がおりまする」

「国家老嶋内主石一派か」

「いえ、家臣ではございません。国家老どのが雇った、選りすぐりの剣術家十三人にて参勤行列を襲うよう企てておると推量されます。ただしただ今は十二人とひとり数が減っております」

「十三人が十二人に減ったとな」

「本未明、野湯にて赤目駿太郎どのと一対一の勝負を為して敗れた刺客のひとりが対決に際して洩らしたものにございます」

池端は手短に駿太郎の戦いの経緯を語った。むろん与野吉が見聞し、主に伝えたものだ。

「ほう、赤目駿太郎がのう、十四歳の剣術家は父親同様に頼りになるな」

「いかにもさようにございます。されど」

池端は行列の前後を見た。主従ふたりの会話を聞いておる者がおらぬかと、見廻したのだ。だが、徒歩で日出生台の道を進む主従の問答を聞くことができる家臣はいないと確信した。

「されどうしたな、池端」

「由布郷を出立したのち、赤目父子と物頭の最上どのの三人が姿を消されております。殿は最上どのになんぞ命じられましたか」

「いや、最上になんぞ命じた覚えはない。そのほうにも告げずに三人の姿が行列から消えたか」

通嘉の声音には憂慮があった。

「池端、十二人となった刺客ども、予を闇討ちにする気か」

「いや、それは」

と言葉を切った池端は、

「十二人の刺客について駿太郎どのも対決した相手から深い子細は聞かされておらぬと推量されます。となると父の赤目小籐次様や最上どのがどのような考えで行列を離れたか曰くが分かりません。この刺客どもの背後に国家老が控えているとしても、殿を闇討ちにするなどという無謀を企てるものかどうか」

「となると刺客十二人が命ぜられた狙いはなにか」

「まずは殿が森陣屋に招かれた赤目小籐次と駿太郎父子を斃すことと考えるのが至当かと思われます」

「赤目父子の排除のう、十二人の腕利きとて容易くはあるまい。またこやつどもが赤目父子を殺したとせよ、国家老嶋内主石は、予をどうする気か」

「さあて、それがしには考えがつきませぬ」

通嘉は参勤行列がいく道中を見廻し、

「もはや森陣屋はさほど遠くはあるまい、伐株山《きりかぶさん》が見えてきたではないか」

と言った。

いつの間にか西に傾いた陽が伐株山に掛かっていた。

「池端、刺客どもはどこで予の行列を襲うつもりか」

「赤目様はわが中間に八丁越という呟きを言い残して姿を消したそうな」

「なに、八丁越か、森陣屋から一里と離れておるまい」

「相手方は、最後の戦いと考えてこの地を選んだかと思われます」

「由布郷で濃霧に見舞われた分、参勤行列の進み具合が遅れていよう。八丁越は日没にかからぬか」

通嘉の問いに、

「そのことを案じております」

　と池端が答えた。

　道中奉行一ノ木五郎蔵が藩主の歩みを気にして姿を見せた。

「殿、お駕籠にお乗りくだされ。いささか行列が遅れておりますれば、森陣屋到着が夜になってしまいます」

「相分かった」

　と通嘉がお駕籠にふたたび乗り込んで、行列がひたひたと進み始めた。

　一ノ木が行列の先頭へ戻ろうとして歩みを止め、

「池端どの、それがしが知るべきことがなんぞござろうか」

　と質した。

　頭成から道中奉行を命じられた一ノ木もまた参勤下番において騒ぎがあることを気にかけていたのだ。

　池端は一ノ木が藩主の久留島通嘉に忠勤を尽くす家臣と承知していた。一瞬迷ったが、殿との問答を伝えることに決めた。

「一ノ木どの、八丁越にて不逞の剣術家十二人が行列を襲うと思われます」

「八丁越は森陣屋の近くにございますぞ、さようなことがありましょうか」

と一ノ木が洩らした。

「一ノ木どの、それがしの話を聞いて下され」

池端は、こう前置きして、道中奉行にこれまで知り得たことを口早に告げた。

「藩主の参勤交代を襲うなど、国家老嶋内様はさような無法をなされますか。なんのためですな」

「殿が森陣屋に招かれた赤目父子を不逞の剣術家に始末させる気ではないかと思えます。国家老どのは、こたびの参勤下番に際し、殿が赤目父子に同行を命じたことを気にかけておられます」

「国家老の嶋内様は、藩を二分した内紛に殿や赤目父子を巻き込まれますか」

「われらはさよう考えております」

池端恭之助の言葉を急ぎ足で歩を進めながら沈思した一ノ木が、

「池端どの、殿は赤目小籐次父子をなんらかの企てをもって森陣屋に招かれたのであろうか」

と聞いてきた。

当然の疑問で森藩の家臣のだれもがこの一件を気にしていた。

「殿の本心はそれがしにも察しられませぬ。赤目小籐次様もこたびの森訪いがただの国許見物でないことに気付いていささか困惑しておられます。とは申せ、赤目様自らは旧藩の内紛に関わることに懸念を示しておられます」

「赤目様父子は、八丁越の一件を承知ですかな」

「承知です」

池端は頷くと赤目父子と物頭の最上拾丈の三人がどうやら八丁越に先行していることを告げた。

「物頭の最上どのが赤目父子と行動をともにしておられますか」

道中奉行は近習頭が歩みを緩めると考え込んだ。そして、

「池端どの、それがしがなすべきことがござろうか」

と池端の顔を見ながら問うた。

その問いを池端は、一ノ木が藩主側に立ち、忠勤を尽くす行動をとると訴えていると考えた。

「一ノ木どの、われら、なんとしても藩主久留島通嘉様のお命を守らねばなりませぬ」

「いかにもいかにも、それがし、一命を殿に捧げる覚悟」

一ノ木の返答は潔かった。

「それがしも同じ考えにござる」

近習頭と道中奉行がお互いの立場を明確にした。そのうえで池端が、

「八丁越の襲撃は、赤目様父子と物頭の最上様にお任せするがよかろうと思う」

「相手は十二人と申されましたな。赤目様方は三人ですぞ」

「いかにもさよう。それがし、赤目小籐次様の剣術の弟子にございます。この数年、赤目小籐次様と息子の駿太郎どのの働きを間近から見てきました。国家老が腕利きの剣術家を十数人雇ったとしても恐れることはありますまい」

「酔いどれ小籐次様のことはあれこれと噂に聞いておるが真のことですな」

「一ノ木どの、それがし、刺客は赤目父子に任せてよいと考えます。われらは殿のお命を守ることに専念すべきです」

「いかにもいかにも」

ふたりは互いの立場を繰り返して確かめ合い、一ノ木は、

「それがし、参勤交代の家臣たちをなんとしても纏《まと》めて、刺客などに殿のお体に指一本でも触れさせることを阻止します」

と言い残して道中奉行の持ち場に戻った。

それを見た池端は、ふっ、とひとつ息を吐いた。

同日同刻限。

江戸・芝口橋北詰の紙問屋久慈屋の店先では、看板の酔いどれ小籐次と倅の駿太郎の研ぎ姿の紙人形が鎮座して番頭国三《くにぞう》の研ぎ姿を見ていた。

赤目父子が江戸を留守にしている間、研ぎをなす等身大の親子人形が留守を預かり、この界隈のかみさん連が持ち込む出刃包丁や菜切包丁を国三が無料で研いでいた。近ごろでは本業で使う店の刃物まで研ぐほどに腕を上げた国三に、かみさん連が、

「いつも無料《ただ》じゃ悪いわね。なにがしか受け取りなさいよ」

と看板の人形の前に銭をおいていくようになった。

その習わしがなんとなく当たり前になったところで、国三は、五百数十文の銭について主の昌右衛門《まさえもん》と大番頭の観右衛門に相談した。

「町内のおかみさん連が国三の研ぎの腕を認めなさった証しです。旦那様、どうでしょう、赤目様一家が江戸に帰るまでおいていかれる研ぎ代を貯めておきましょうか。赤目様がお帰りになった折、使い道を相談しませんか」

「赤目様ならば、お救小屋に寄進しましょうね。いつぞや六百両を差し出した折

に比べれは、額が少のうございますがな、心の籠った銭ですし、うちの番頭さんが頑張った証しです」

「旦那様、そんな按配になりますかな」

久慈屋の主と大番頭の話し合いで研ぎ人形の前に縁の欠けたどんぶりがおかれて研ぎ代が投げ込まれるようになっていた。

「精が出るな、新米《しんまい》番頭よ」

と紙人形の前に腰を下ろし、どんぶりの銭を、

「ひぃ、ふー、みぃ、よ」

と数えていた読売屋の空蔵が、

「今日の稼ぎか、百文は超えてやがるな」

「空蔵さんは毎日銭勘定に参られますね、偶には包丁の一本も私に研がせる心算はありませんか」

「ねえな。それよりさ、豊後の酔いどれ様からなんぞ言ってこねえか。江戸であれこれと厄介ごとがあるんだよ。この騒ぎに酔いどれ様をからめると、おれの商いになるんだがな」

「豊後は遠うございます、片道ひと月どころか四十日もかかる森藩城下です。も

はや飛地の速見郡頭成に着いておられましょうが、なんの文も参りません」

「酔いどれ親子め、なにやってんだか。あの親子が参勤交代に同行して騒ぎがないことはないよな。こっちのことを少しは気にしねえか」

「赤目様親子に読売屋の空蔵さんの商いを気遣いする義理はございませんよ」

国三が研ぎの手を休めることなく言い放った。

「おい、新米番頭よ、そう決めつけることもあるめえ。酔いどれ小籐次とほら蔵の間柄を知らねえとは言わせないぞ」

「間柄ですか、空蔵さんが得するばかりの間柄ですよね」

「ちえっ、言いやがったな。おお、そうだ。新兵衛さんがまた寝込んでいるって知っているか」

「はい、承知です。歳が歳です、旦那様も大番頭さんも案じておられます。新兵衛さんが元気になるような読み物を書いてくださいな」

「近ごろ、酔いどれ小籐次のなり切りもやらねえよな。なにを書けばいいよ、新米番頭よ」

「それを考えるのが空蔵さんの仕事です」

どんぶりの銭を摑んでは戻していた空蔵が、

「久慈屋に豊後から文が来たとき、また立ち寄るぜ、新米番頭よ」

と言い残して久慈屋の店先から姿を消した。

「うちの番頭さんを新米番頭と幾たびも呼び捨てしていましたよ。空蔵さんが私どもに挨拶のひとつもするならば、三河のおりょう様からの文の話を伝えてもいいかと思っておりましたがあれではね」

と帳場格子の観右衛門が若い主の昌右衛門に嘆いた。

「あの一件、空蔵さんに伝えるのは早うございましょう」

「早うございますかね。それにしても三河から江戸に戻る折に身内が三人増える。摂津からのうちの関わりの弁才船に人数が増えることを伝えてくれとは、どういうことでしょうな。三人とは、薫子姫様と老女に子次郎さんですよね」

「まずそうでしょう。もはや旗本三枝家の存続は無理でしょうから」

「となると江戸で住まい探しをしなければなりませんな」

と観右衛門が、久慈屋の家作ではお姫様が住むのは無理かなどと考えた。

一方、昌右衛門は、身内との言葉に拘《こだわ》って、赤目家に言葉どおり身内が増えるのではないかと考えていた。

三

八丁越石畳の坂に森藩久留島通嘉の参勤行列が差し掛かったとき、すでに夏の陽は没しかけていた。

行列の前方に見えてきた小岩扇山《こがんせんざん》の背後の空が濁った朱に染まっている。八丁越の右手の谷には森川の支流があるはずだが、行列のだれも見下ろす余裕はなかった。難所を少しでも早く越えたいと思っていた。

八丁越石畳道の入口の手前半丁のところで行列は、歩みを止めた。道中奉行の一ノ木五郎蔵が命じたわけでもなく、自然に止まったのだ。

文政十年（一八二七）の参勤下番が最後の難所に差し掛かったことをだれもが意識していた。そして、何者かが待ち受けている予兆を感じていた。

「いかが致した」

と乗物のなかから通嘉の声がかかった。

「殿、八丁越に差し掛かりました」

近習頭池端恭之助の緊張した声が答えた。

「おお、暗くなったと思うたから城下に着いたと思うたがこれから八丁越か。予は下りて歩こうか」

「いえ、殿、お駕籠のほうがよろしいでしょう」

と答える池端の傍らに一ノ木五郎蔵も姿を見せて、

「殿、近習頭のいわれるとおりお駕籠のほうが安心かと存じます」

と言葉を添えた。

「うむ」

と通嘉は頷いた。

「松明燃し、灯りを点せ」

の道中奉行の命で一斉に松明燃しの賦役が行列の各所に配置され、その灯りで行列が浮かび上がった。

(松明に照らされて行列が進むか)

池端は不安を感じた。

十二人の刺客が参勤行列を襲うには絶好の場所であり、またとない刻限であった。

(どうすれば殿をお守りできるか)

考えが浮かばなかった。

（命を捨てるしかない）

と改めて己に言い聞かせ、行列の他の者に気付かれぬように刀の鯉口を切った。

すでに柄袋は道中で剝《は》いでいた。

道中奉行の一ノ木五郎蔵も迷ったか、出立の声がなかなかかからなかった。が、

「先導方、石畳に気を配って一歩一歩踏みしめて進め」

と覚悟を決めた一ノ木の命が山道に響き渡った。

ふたたび行列が八丁越の入口に向かって進み始めた。

（赤目小籐次と駿太郎父子はどこにおるか）

池端は乗物の傍らから行く手を眺めたが、父子ふたりの姿も物頭最上拾丈も、
さらには十二人の刺客も八丁越に潜んでいるのか見当がつかなかった。

長さが八丁続く（およそ八百八十メートル）石畳ゆえ八丁越とか八丁坂と呼ばれる。幅一間余の石畳道の左右に杉が林立して、いよいよ行く手を暗く沈ませていた。

参勤交代の行列の先頭が石畳にかかった。

十二人の刺客の頭領は、室町時代に始まる天真正伝香取神道流兵法の流祖飯篠《いいざさ》長威斎家直《ちょういさいいえなお》を師と仰ぐ林埼郷右衛門恒吉《はやしざきごうえもんつねよし》であった。

林埼は四十二歳、この二十年余諸国を経めぐり、武者修行に勤《いそ》しんできた。

そんな林埼が豊後府内藩の城下で、

「その腕を買いたし」

といきなり声をかけられた。

林埼は惟神皇武一刀流の某道場から出てきたばかりで、じろり、と声をかけた武家方を睨んだ。

無言で見詰める相手が、

「それがし、豊後のさる大名家の用人頭、水元忠義にござる。そなたの腕前をお借りしたし」

と続けた。

林埼は無言で相手を凝視した。

どうやら惟神皇武一刀流の高弟三人と道場主を木刀での立ち合いで制した模様を見ていたと思える相手が、

「金子《きんす》は言いなりでござる」

と言い添えた。

「お手前、わが剣術を金子で買うと申すか」

「いかぬか」

憮然とした林埼は、その者をその場において歩みさろうとした。だが、相手は林埼についてきて執拗に言葉をかけた。

「そなた、金子は欲せぬか」

振り向いた林埼が、

「去《い》ね、香取神道流の業前、売り買いする気はない」

と険しい口調ではねつけた。

だが、相手も必死だった。

「われら、大義を持ってさる人物を斃す所存、すでに十人余の剣術家を集めてござる。されどこの者たちをまとめる頭領が見当たらぬ。偶さか道場の格子窓より貴殿の武勇を拝見致して声をかけ申した」

「大義のう。そのほうの大名家には勇者はおらぬのか」

「おり申さぬ。そのうえ、相手は天下一の武人でござれば、同等の剣術家が要る」

と言い放った。

「天下一の武人じゃと、何者か」

「昔、当藩江戸藩邸の下屋敷厩《うまや》番であった下士じゃ」

「厩番とな。名はなんというか」

林埼は厩番の一言で天下一の武人がだれかを察していた。

「酔いどれ小籐次の異名を持つ赤目小籐次にござる」

「やはり赤目小籐次どのか」

「そなた、赤目小籐次と面識がござるか」

「いち面識もない」

武者修行の先々で何百回となく聞かされた名前だった。大名四家の参勤交代の行列を独り襲い、主君の恥を雪《すす》がんとした厩番の存在と名は林埼の頭に刻み込まれていた。

「確かに赤目小籐次どのか」

「いかにもさよう」

「赤目小籐次どの、江戸に暮らしておるのではないか」

とさらに問うた。

「いかにもさよう。じゃが、わが藩主が国許を知らぬ赤目小籐次をこたびの参勤下番に伴うことになり、近々当藩所領に姿を見せる」

「歳はいくつか」

「さあて、確かなところは知らぬが五十路《いそじ》を超えておると聞いた」

「五十路にして数多《あまた》の武勲を重ねてきたか」

「なあに、かような話は世間の噂にのぼるたびに大きゅうなるものでな」

「真実とは違うというか」

「いや、そこそこの腕前でござろう。赤目小籐次には倅が従っておってな、この親子、来島水軍流の遣い手じゃ」

（そうか赤目小籐次は村上水軍の末裔であったか）

と林埼は初めてこの話に関心を持った。

「倅はいくつか」

「それは知らぬ。されど十一代将軍家斉公に千代田の城に呼ばれて父子で剣技を披露したそうな。倅の駿太郎は、公方様から備前古一文字則宗を拝領して、その刀を携えてわが藩の所領頭成に来着するのだ」

林埼は家斉に赤目親子が拝謁した噂話をあちらこちらで聞かされてきた。

（真実であったか）

赤目小籐次が豊後森藩の江戸藩邸の厩番であったことを林埼は承知していた。

「そのほう、森藩久留島家の家臣じゃな」

林埼が確認すると相手が関心を示したと思うたか、

「おお、いかにもさよう。森藩一万二千五百石の用人頭水元忠義と申す」

と胸を張って改めて名乗った。

「たしかに赤目小籐次父子は森藩に姿を見せるな」

「わが殿と赤目小籐次は昵懇の間柄でな、参勤交代に同道して豊後に参れという殿の招きを断ることはありえぬ」

森藩の御用人頭が言い切った。

林埼はしばしその場で沈思した。

「久留島様が国許に戻るのはいつのことだ」

「二月《ふたつき》後にござる」

「よかろう。助勢をなそう」

「おお、それはよかった。そなた、赤目小籐次を討ち果たせるな」

赤目小籐次と藩主が昵懇にもかかわらず、所領で討ち果たす企てという。なんとも妙な願いだった。

「勝負は戦うてみねば分からぬ。じゃが、それがし、この二十年余、三百諸国をへ巡り、未だ敗北したことなし」

と淡々とした口調で言った。すると御用人頭が、

「わが藩が赤目を討つ曰くを聞かんのか」

「要らぬ」

すでにいい加減な理由を並べてこの腕を買おうとしていることを林埼は察していた。さような造り話は害あって利なし、勝負においてなんの役にも立たぬことを長年の武者修行暮らしで承知していた。

「ならばそれがしに同道してくれるな」

「藩主一行が国許に戻る頃合いにそれがし、森藩陣屋に参ればよかろう。案ずるな、それがし、約定したことは必ず守る」

と言い切った林埼が名前と御用人頭としか知らぬ人物に言い放ち、その場から立ち去った。

あれからひと月が経っていた。

林埼郷右衛門恒吉が豊後森藩の陣屋に水元御用人頭を訪ねると、陣屋内北の丸

久留島武道場に案内された。

「おお、参ったか、林埼どの」

と水元御用人頭が満面の笑みで迎えた。

道場では十二人の剣術家と思しき一統が各々勝手に独り稽古をしていた。真剣を抜き打つ者、木刀で素振りする者、手槍で突きを繰り返す者と多彩であった。

林埼はひと目で、そこそこの技量かな、と見抜いた。

「水元、そのお方が天真正伝香取神道流の達人か」

と見所に坐した年寄りが質した。

「いかにもさようにございます。あの父子と戦うには林埼どのの見識と修羅場から得た手なみが要りましょう」

林埼は、このふたりの短い問答を聞いただけで、

(ほう、森藩内に内紛があるか)

と察した。

藩主が家臣でもない赤目父子を参勤交代に随行させ、国許では重臣どもが浪々の剣術家を雇っているのだ。

(なんとものう)

と思ったが、林埼には関心なきことだ。

「林埼どの、国家老の嶋内主石様である」

と水元が口を利いた。

林埼は見所の嶋内をちらりと見ると、

「国家老どの、この者たち、御用人頭が集められたかな」

「いかにもさよう。それなりの武術の腕前はだれもが持ち合わせておろう」

という国家老の言葉に改めて十二人の寄せ集めを見た。林埼の視線を敵意の眼差しが受け止め、舌打ちする者もいた。その者を林埼が前帯に差した白扇で差し、

「そなた、去ね」

と命じた。

「どういうことか、新参者が」

「耳が遠いか。そなたの腕前では、ものの役に立たぬわ」

「なに、立つか立たぬか、試してみるか」

真剣の抜き打ちを繰り返していた舌打ちの剣術家が真剣を鞘に戻した。居合術を使うこの者はこの場にある十二人の中ほどより上位と林埼は推量していた。

「居合の他にはなんぞ技があるか」

「平賀左中、幼少のころより富田《とだ》流剣術を祖父から伝授されておる」

「居合と富田流な」

と言った林埼がすたすたと歩み寄り、

「遣うてみよ」

「なにっ」

居合の構えをとると左手で鍔《つば》元を軽く抑え、間合いに入ってきた林埼の胴を狙って一気に抜き放った。

「ああっ」

と武道場にいる者がいきなりの平賀の抜き打ちに驚きの声を発していた。

林埼の体が、そよっ、と平賀が抜き打った内側に入り込むと、手にした白扇を喉元に突っ込んだ。

ぎゃあっ
という絶叫とともに平賀が抜き身を持ったまま道場の床に後ろ様に転がった。

ぴくぴく、と痙攣《けいれん》する平賀を見た林埼が、

「だれぞ、この者に続く者はおるか」

と茫然自失して言葉を失くした一同を見廻した。が、名乗りでる者はひとりもいなかった。

「それがしが一同の頭領に就くことに異存はござらぬか」

と念押しすると一同ががくがくと頷き、安堵の表情を見せた。

「平賀氏《うじ》を道場の端に寄せてくれぬか。なあに、喉の痛みはひと月ほど続こうが命に別状はない」

と言い放った林埼の言葉に応じて、ふたりの剣術家が平賀の手足を持って道場の端に寝かせた。そのふたりが戻ってきたとき、

「そなた方の力を一人ひとり試させて頂く」

と林埼が白扇を前帯に戻し、

「だれぞ木刀を貸してくれぬか」

と願った。

一同の安堵は一瞬で終わった。

「木刀はそれがしので、ようございますか」

平賀を運んだひとりが木刀を差し出し、お借りすると言った林埼が、

「そなたからまず打ち込んできなされ」

ともうひとりの若者に言った。

「はっ」

と覚悟を決めた若者が林埼に礼をすると、木刀を正眼に構えた。実に素直な構えかな、と判断した林埼の、

「参られよ」

との命が響いた。

見所の嶋内主石に水元忠義が、

「ご家老、いかがですな。あの者」

「赤目小籐次を討ち果たすのはあの者しかおるまい」

「いかにもさよう」

と国家老と御用人頭のふたりがにんまりと笑い合い、

「世間には偉才がおるものよのう。あの者、金子には関心を示さなかったか。ならば事が成就した折には、当藩の物頭で仕官させるのはどうだ」

「ご家老、新たに藩校を設けて武道場の長にするほうが喜ぶのではございませぬか」

「おお、藩校のう。豊後の他藩では文武の藩校を設けておるからのう。森藩に藩校があってもおかしくはあるまい」

と国家老の嶋内主石は、まるで森藩藩主かのようなことを言った。

ふたりは見るともなしに林埼の動きを見ていたが、水元がこの数月で目星をつけた面々のだれひとり、林埼を打ち込みで動かし得た者はいなかった。

腕試しの結果に一同は愕然としていた。

御用人頭から選ばれた折に五両の前金をもらい、事が成功した折は二十五両の報酬が出ることになっていたが、突然放逐《ほうちく》されるやも知れないのだ。

「林埼どの、ご一統の技量はいかがかな」

「それがし、全員の木刀を受け申した。この企てに必要なき者が四人おります。国家老どの、どうなさるな」

「力不足の者を雇うておくわけには参らぬ。四人はこの場から立ち去ってもらおう」

「ならば、弓術の遣い手の奥田新之助どの、この企てには弓は要り申さぬ。戦いの場では弓は使えんでな」

必要なき理由や剣術の弱点を述べた四人に暇を出した。

十二人いた刺客から平賀左中を含めて五人がいなくなった。

武道場では水元御用人頭が啞然としていた。

「十二人が七人になったではないか、どうするな、水元」

と嶋内国家老もこの期に及んで七人とは、と頭を抱えた。

その様子を見ていた林埼が、

「人数が足りないと申されるならば、臼杵《うすき》城下のタイ捨流因幡道場に左右田武吉《そうだぶきち》と申される師範がおられる。この者の技量、それがしとくと承知、この者を含めて五人の補充をなされぬか。それがしが、口利き状を認めてもよい」

「おお、助かり申した」

と水元が喜びの声を上げて、明日にも臼杵城下に発つことになった。

そのあと、国家老が御用人頭の水元に、

「林埼氏はなかなかの頭領じゃが、飛道具がないのは一抹の不安じゃぞ、どうするな」

「藩の鉄炮方と弓方を五人ほど林埼氏には内緒で八丁越に控えさせましょう」

「おお、それはよい」

ふたりが言い合った。

ともあれ剣術修行者林埼郷右衛門にとって初めての土地で、天下の武芸者赤目小籐次を迎える仕度がなった。森藩の内紛はどうでもよきことながら、赤目小籐次との尋常勝負には、それなりの舞台がいると思った。

それが玖珠街道八丁越だった。

四

森藩の参勤交代の行列が八丁越を松明の灯りを翳《かざ》してのろのろと進んでいく。

そんな様子を十二人の刺客を率いる林崎郷右衛門は八丁坂の坂上、出口の石畳で待ち受けていた。

臼杵城下のタイ捨流道場から師範の左右田武吉らを新たに迎えた時点で林埼は、十三人の刺客の副頭領に左右田を任じた。そして、己を除く十二人を四人ずつの三組に分けて、それぞれに小頭を命じた。

その折、副頭領であり、一組の小頭を兼ねる左右田が林埼に尋ねた。

「林埼どの、われらの役目はなんでございますな」

「参勤交代の行列を混乱させることに尽きる」

「参勤交代を混乱させるためだけにわれらを臼杵から呼ばれましたか」

「迷惑だったかな」

「いえ、われら五人、だれもが食い扶持に窮しておりますゆえ、前払いの五両は有難いものでした。御用人頭の水元どのは、企てが成就した折は森藩に仕官をさせると安請け合いをしましたがな、豊後の大名諸家、どこもさような余裕はありますまい。報奨の二十五両が頂戴できれば万々歳にござる」

左右田は森藩の内情を冷静に把握していた。

いかにもさよう、と頷いた林埼が、

「左右田どの、それがし、この奇妙な企てを受け入れたには、ちと曰くがござる」

「林埼どのとしたことが、妙な企てに関わったとそれがし、思うておりました」

「御用人頭は、そのこと、口にしなかったかな」

「臼杵からの道中、なんぞそれがしに訴えたきことがある風情でしたが、なんとか我慢した体でしたな」

「それがしが強く諫めた効き目がありしたかな、そなたにはそれがしが直に申したかったのだ」

と前置きした林埼が、

「森藩の参勤交代には、天下一の武芸者と評判の赤目小籐次どのと子息駿太郎どのが同道してござる。赤目どのは森藩の江戸藩邸の下士であったとか」

「十数年前のことか、赤目小籐次なる者が臼杵藩の参勤交代の大名行列を襲い御鑓を奪う騒ぎをなしたことがござるな。赤目は、森藩の下士であったそうじゃが、藩主久留島通嘉様の恥辱を独りにて雪ぎ、一躍満天下に酔いどれ小籐次の武名が拡がったことがござる」

　左右田の言葉に林埼が頷いた。

「それがし、臼杵藩の家臣ではござらぬ。なれど城下で細《ささ》やかな町道場を営なんできた手前、臼杵藩にはそれなりの恩義を感じておる。それがし、臼杵藩へいっぱしの義理がござれば、林埼どのの助勢がしたし」

「十一人の者どもを自在に使われよ。それがし、赤目小籐次どのとの尋常勝負を願っておる」

「委細承知」

　と言い合った。

「われらの務めは、参勤行列の面々がわれら刺客に抗い、林埼どのと赤目氏の勝負を邪魔だてすることを阻止することでござるな」

　と左右田が念押しした。

「行列のなかにはわれらを雇った国家老一派の面々が多数加わっておる。されど、この者たちの大半は、藩主久留島通嘉様の行列をわれら刺客が襲うことは知らされておらぬ。ゆえに左右田どのの配下の三組が襲った折、せいぜい右往左往する体たらくであろう」

「やはり、われら十二人の務めは、林埼郷右衛門どのと赤目小籐次氏と一対一の勝負の場を整えることに尽きるな」

「いかにもさよう」

「畏まって候」

林埼と左右田の武芸者同士ふたりは、国家老一派の思惑とは別に分かり合った。

「ただし、森藩の家臣がすべて国家老の足下に従うておるわけではない。江戸藩邸派、あるいは藩主に忠勤を尽くす者も少数ながらおるそうな。このなかで一番の強敵は、物頭の最上拾丈どのじゃ」

「最上どのが林埼どのと赤目氏の尋常勝負を邪魔する折は、われらは最上どのを封じ込めればよいであろうか」

「申されるとおりにござる。われら、なにも森藩の内紛に関わって有為の者まで傷つける要はないでな」

「相分かった」

刺客の頭領と副頭領が企て参画の真の理由を改めて理解し合った。

だが、国家老一派とは別の林埼の思惑を狂わせる一事が企て直前に生じた。

林埼を含めて十三人になった刺客のひとり、二丗の小頭に命じられた柳生七郎《やぎゅうしちろ》兵衛《べえ》（林埼はこの姓名も偽名と察していたが）がなんと、林埼に文を残して姿を消したのだ。

その文には、

「一に、十三人もの数を揃えて赤目小籐次、駿太郎父子ふたりを襲撃する企てに武芸者として参画でき申さぬ。二に、一旦参画した企てを抜ける以上、それがしなりの働きを致す所存。赤目小籐次の嫡子駿太郎はそれがしが尋常勝負にて討ち果たしたく候」

とあった。

なんと森藩の国家老一派の御用人頭が雇った刺客の面々のなかに林埼と同じ考えの武芸者がいたのだ。

林埼は、脱退騒ぎが起こった直後、柳生某と親しげだった小太刀流の遣い手、女武芸者の迫田小天《さこたこそら》に柳生を追わせた。

小天は柳生のあとを追うことはせず、頭成から参勤交代の行列に加わり、森城下に向かうはずの赤目駿太郎に狙いをさだめ、監視を始めた。

想像していたよりも若武者の赤目駿太郎は、伸び伸びした剣術家であった。この駿太郎を賦役方のひとりが行列から離れさせて、ひと晩野湯に案内したのだ。するとこ小天の狙い違わず、柳生七郎兵衛が姿を見せた。

未明の野湯の親子岩で、柳生七郎兵衛と赤目駿太郎は、勝負に及んだ。

小天は、刺客の十三人のなかで、剣術家の真の技量を国家老一派の前で見せていないのは、柳生七郎兵衛の他二、三人と推量していた。それは一度だけ打合い稽古をした折に察していた。

七郎兵衛と駿太郎の勝負は、一瞬の虚空勝負であった。

親子岩の父岩から子岩に構える七郎兵衛に向かって、途轍《とてつ》もない飛躍を見せた駿太郎の木刀の一撃が勝敗を決めた。

小天は、七郎兵衛が全力を出しきって勝負に敗れたのを見た。

だが、駿太郎はあっさりと七郎兵衛を退けたばかりか、怪我をさせたのみで戦いの場から逃げることを許していた。

（おそるべし、赤目駿太郎）

小天は、玖珠街道を森藩へと急ぎ立ち帰り、林埼郷右衛門ひとりに報告した。

「柳生七郎兵衛は手もなく敗北したか」

「柳生様は全力を尽くされましたが、わずか十四歳の若武者の一撃に完敗しました」

「なに、赤目駿太郎は十四というか」

「はい。駿太郎どのを野湯に誘った賦役方に地元の女を装って話を聞きますと、今年の正月に元服したばかりとか」

「赤目小籐次の倅よのう」

「血は繋がっておらぬそうな」

「相分かった」

　と答えた林埼が、

「このこと、副頭領の左右田どのにも話すでない」

　と命じた。

「畏まりました」

　と答えた小天に、

「そなた、駿太郎と立ち合う気はあるか」

と質した。

しばらく沈思した小天が頸をゆっくりと横に振り、

「私、あの若武者に到底敵うとは思えません」

と正直に告げた。

「よき判断かな。仲間が参勤行列を襲撃する折、そなた、生きることを考えよ」

と命じる林埼を小天は凝視した。

「全力を尽くして斃せない相手と勝負に及ぶのは愚かなことよ」

「武芸者の生き方に反しませぬか」

「もし、そなたが柳生と再会するようなことがあらば、このことを質してみよ。柳生は十四歳の憐憫《れんびん》によって生き永らえたのだ。なにより屈辱が柳生の五官五体に刻み込まれておるわ」

と言い切った。

それがわずか半日前のことだ。

いま林埼郷右衛門と迫田小天は、刺客の仲間とともに八丁越で久留島通嘉の行列を待ち受けていた。

国家老一派の密偵の小者が林埼のもとへ気配もなく走り寄ってきた。

「頭領、赤目小籐次と駿太郎の姿が参勤行列の面々のなかに見えませぬ」

「しかと確かめたか」

密偵は頷いた。

「賦役方のなかにも父子の姿はありませぬ。最後に姿を見たのは由布郷でございます」

「なにっ、何刻も前から姿がないとな」

小者の知らせを聞いたのは林埼と副頭領の左右田のふたりであった。

「すでに赤目父子はこの界隈に潜んでおりませぬか」

と左右田が林埼に言った。

おそらく、と応じた林埼は、

「最前から参勤行列はのろのろと進むことを強いられておる。われらの他に何者かが見張っているとは思わぬか、左右田どの」

「いかにもさよう。となると、国家老の嶋内主石め、われらの他に手勢をこの八丁越に繰り出しておりますかな」

「愚か者が」

と林埼が吐き捨てた。

その瞬間、薄闇の八丁越に矢が、一本、二本と飛んだ。

歩みを止めた参勤行列の一行に、道中奉行の一ノ木五郎蔵が、

「松明方、松明を消して闇に潜め」

と命ずると藩主の駕籠のもとへと走った。

「国家老一派の襲撃にござろうか」

とすでに鯉口を切った池端恭之助が問うた。

「真っ暗ななかでは動きがつきませんぞ、池端どの」

「なんとしても八丁越を乗り切りませぬか」

「行く手に刺客と思しき面々が待ち受けており申す」

「なんということか」

池端が応じたとき、一行の松明が消され、参勤交代の行列は暗黒のなかに取り残された。

「何事か」

と乗物から久留島通嘉が異変を質す声がした。

「前方には、例の刺客どもが待ち構え、八丁越を見下ろす小高い丘に国家老一派の弓方らが控えておりまする。ためにそれがしが行列を照らす松明を消させたと

ころでございます」

「なに、暗黒のなかでわれら進むに進めず、退《さが》るに退れぬか」

と通嘉の声が緊張していた。

「赤目小籐次はどうした、駿太郎はどこにおるや」

「未だ姿がありませぬ。おそらく」

「おそらくなんだ、池端」

「赤目父子はこの八丁越のどこぞに潜んでおりましょう。ゆえに道中奉行の一ノ木どのが松明を消させて行列に狙いを定めさせぬようにしたところにございます」

沈黙が訪れた。

「われら、赤目父子の助けを待つか」

「それの他に策はないかと」

池端が駕籠のなかの藩主に答えたとき、行く手の小高い丘と思しきところから火矢が一本、二本、三本と飛んできて、その一本が八丁越の左右に衝立《ついたて》のように立ち並ぶ杉林の一本に突き立った。

ふたたびわずかな灯りが戻ってきた。だが、それは国家老一派の策だった。

その火矢の灯りをたよりに次々に火矢が飛んできた。

「おのれ、愚かな策を為しおるか」

怒りの声を発したのは刺客の頭領林埼郷右衛門だ。

「われらの力を見縊《みくび》りおりますか、国家老め」

と副頭領の左右田が吐き捨てた。

そのとき、ふたりの前に女の声がした。

「頭領、私め、夜目が利きまする。弓方を制してようございますか」

「小天か、頼もう」

林埼が即刻許しを与えた。

小太刀の遣い手迫田小天がその場を離れると闇に没した。

その瞬間、なんと銃声が石畳の坂道に響き渡った。

「殿、お駕籠に身を伏せてくだされ」

近習頭の池端恭之助が乗物の前に立ち、わが身をもって銃弾を防ごうとした。

さらに一発二発、行列の真上に射ち込まれ、銃弾が杉の幹に食い込んだ。

「おい、赤目小籐次なる年寄りはどこにおる」

と最初に火矢を放ったひとりの弓方が仲間に問うた。

「これだけの火矢の灯りではいささか暗いな。いま少し火矢を射かけよ」

と鉄炮方が弓方に命じた。

そのとき、弓方三人に鉄炮方ふたりは、自分たちが危機に陥っていることに気付いた。

「な、何者か」

「何者かと問うや」

との声に鉄炮方は種火の微かな光に筆頭物頭最上拾丈の怒りの顔を見た。さらに、最上配下の忠義の臣が三人抜身を提げて従っていた。

小籐次は最上拾丈と相談して、賦役方の秋吉老人を森城下に走らせ、最上の忠臣数人を八丁越に呼び寄せていた。

「も、物頭」

「なんの真似か」

「わ、われら、国家老様の命でございます」

「そのほうら、かような所業がどのようなものか承知か、藩主久留島通嘉様の参勤下番の行列に矢を射かけ、鉄炮を放ちおるのが家臣の為すことか。そのほうらの家は取り潰され、切腹をもってしてもこの罪、許されぬ」

「お、お待ちくだされ。国家老様のお言葉では行列に不審な親子が加わっておるで、そやつらを誘《おび》きだせとの命にございました。われら、それ以上のことを知らされておりませぬ」

「そのほうら、殿が招かれた赤目小籐次様と子息の駿太郎どのに危害を加えてただで済むと思うてか」

最上の険しい詰問に、

「いえ、われら、ただ国家老様のお言葉に従ったのでございます」

弓方のひとりが必死で言い訳した。

「弓と鉄炮をこの場に残せ」

森藩久留島武道場の直心影流師範代でもある最上が命じた。

五人はとくと最上拾丈の力量を承知していた。

「即刻、城下に立ち還り、家に控えて殿の沙汰を待て。よいか、国家老は、藩主久留島通嘉様の家来のひとりに過ぎぬということを思い出せ」

鉄炮と弓を残した五人が暗闇の丘からよろよろと姿を消した。

「なんぞありましたかな。だれぞが弓と鉄炮を放つ者どもを叱りつける声がしたように思いましたがな」

道中奉行の一ノ木が近習頭の池端に問うた。

「一ノ木どの、おそらく物頭の最上様が不埒な真似をした家臣の面々を叱りつける声ではござらぬか」

「おお、さようでしたか。となると、われらの危機は一旦消えたと考えて宜しゅうござるかな」

「いや、前方に刺客が控えておりましょう。身動きつかぬことは最前と同じでござろう」

「どうすればよろしいか」

「もはや飛び道具の危機が去ったとあれば、今晩われらこの暗がりのなかで夜が明けるのを待つしか手はござるまい」

「刺客どもが襲ってきませぬか」

「それは刺客の考えひとつ、われら、殿をお守りして日の出を待つしかあるまい」

と池端恭之助が言い切った。

そのとき、林埼郷右衛門と左右田武吉のもとへ、迫田小天が戻ってきて、

「鉄炮方ふたりと弓方三人を配して行列を混乱させて赤目父子を誘き出そうとしたのは国家老の命にございます」

物頭最上ら四人に見咎められ、「飛び道具を取り上げられたばかりか、森城下に戻って殿の沙汰を待て、と命じられた経緯を告げた。

「おのれ、度し難い愚か者かな。われらの襲撃は邪魔だてされたわ」

「呆れ果てた者どもかな」

と副頭領の左右田も吐き捨てた。

「行列も動けまいが、なにより赤目父子が行列におらぬでは、本務は果たせぬ。敵方どころか味方と思った者どもから足を引っ張られるとはな」

「どうしたもので」

「左右田どの、赤目小籐次と駿太郎親子、必ずやこの界隈に潜んでいよう。となると夜が白むのをこの八丁越で待つしかあるまい」

林埼が決断した。小天が言った。

「林埼様、私めが赤目父子の居場所を探してはなりませぬか」

「そなた、密偵の真似事も為すというたな」

「女武芸者は、あれこれと芸がなくば生き抜くことはできません」

「よし、親子ふたりに決して気取られぬな」

と念を押した言葉に頷いた小天がふたたび闇に溶け込んで消えた。

かくて文政十年の参勤下番は、頭成からふた晩めを八丁越で過ごすことになった。

第五章　新兵衛の死

一

夢を見ていた。

新兵衛は夢をみているのを承知していた。

婆に手を取られて急な石段を上っていた。

「新、ゆっくりでいい。一段ずつ婆に手を引かれて上がれ」

「ばば、段々はどこまでつづくのか」

「そりゃ、お天道さんのおるところまで続こう」

「たいへんだぞ」

と後ろを振り返ろうとする新兵衛を婆が、

「うしろは見ちゃいかん、新。前だけ向いていよ」

と誡《いまし》めた。

「うしろをみたらどうしていかん」

「愛宕《あたご》権現さんの石段は、後ろを振り返っちゃならんのが決まりじゃ」

「ふーむ、石段はあれこれとあるな」

(これは夢か)

新と呼ばれる四つの男の子は思っていた。

長いこと夢なんて見た記憶がなかった。

(わしはどこにおるのか)

辺りを見回した。

夢のなかで経験している行いは現《うつつ》ではないのか、判断がつかなかった。

(いや、夢だ。夢だから死んだ婆がおる)

夢で愛宕権現の石段を上がっているのか。

「新、もう少しやぞ、頑張れ」

「ああ、がんばる。ごんげんさんの石段を上りきる」

と答えた新の手がぐいっと婆に引かれた。思わず後ろを振り返ろうとしたのだ。

「いかん、いかん。後ろを見ちゃならん」

「後ろを見るとどうなる、ばば」

「石段の途中で下を見るとあの世に行くことになるぞ」

「あの世ってどこか」

「死んだもんが行くとこや」

「しぬってなんじゃろ」

婆から答えはなかった。

（死ぬのは婆のようにいなくなることじゃ）

死んだ婆に手を引かれて愛宕権現の石段を上がる新とよばれるわしは、いつ死ぬのか。

長いこと生きてきた。

（もう十分じゃ）

と新兵衛は思った。

そのとき、婆が、

「新、石段の真上が見えたぞ」

と叫ぶと石段の左右から鶏が虚空に向かって飛び交った。

（あの世からのお迎えか）

と思ったとき、

「ほれ、着いたぞ。新、後ろを見てみい」

婆の声に新は、後ろを振り返り、
わああー
と叫んでいた。

芝界隈の町並みに武家屋敷が甍《いらか》を連ねて、その先に江戸の内海が拡がっていた。

（あたごの権現さんはえらいとこや）

「ばば、うちの長屋はどこか」

と婆に聞いた。だが、婆の姿はどこにもなかった。

夢が覚めたか。

（わしはどこにおるのか）

と思ったとき、若い声が聞こえた。

「おっ母《か》さん、爺ちゃんが笑っているわ」

尿瓶《しびん》を取り換えにきたお夕が母親に訴えた。

「爺ちゃんはもう笑いもしなければ泣くこともできないのよ、お夕」

「でも、笑っているわよ」

「まさか」

お麻の声が険しくかわり、しばし沈黙が漂った。

「お夕、爺ちゃんは、死んだ、死になさった」

とお麻の声が呟いた。


江戸・芝口橋北詰の紙問屋久慈屋の臆病窓が叩かれた、何度も何度も遠慮げに叩かれた。

「どなた様かな」

大番頭の観右衛門の声がようやく応じた。

刻限は七つ半（午前五時）。

久慈屋でいちばんの早起きの観右衛門がちょうど店に出てきたところだった。

「桂三郎にございます、大番頭さん」

「おお、どうしなさった」

しばし間があって、

「舅の新兵衛が身罷りました」

と淡々とした声が告げた。

こんどは観右衛門が沈黙した。

「桂三郎さん、待ってくださいよ」

と通用戸が開かれた。

朝の光を横手から受けた桂三郎の顔が暗く沈んでみえた。

「医者には見せられたか」

観右衛門の問いに桂三郎が首を横に振り、

「大番頭さん、舅は身罷っております。もはや医者の手はいりません。ただ今、難波橋の親分さんに知らせたところです」

「桂三郎さん、主の昌右衛門に知らせて、直ぐに長屋に伺いますでな」

と観右衛門が答えると桂三郎が頷き、

「舅は大往生でした、笑みの顔で死にました」

と答えた。

新兵衛長屋では、長屋じゅうの住人が起きていた。

小舟に乗って堀留に姿を見せた観右衛門と竹棹を手にした国三を版木職人の勝五郎が迎えた。

「大番頭さんよ、とうとう新兵衛さんが死んだわ」

新兵衛長屋の差配だった隠居の新兵衛は、晩年ゆっくりと死の瞬間に向かって衰えていった。そして、ついにそのときを迎えた。

「通夜は今晩かね」

「その話はちと早うございましょう。身内の意向もありましょうでな」

「大番頭さんに言葉を返すのもなんだが、通夜や弔いなんて指図はよ、遠くの親戚より近くの他人がやるもんだろうが。ここは久慈屋の家作だ、となると大番頭のおまえさんの役目だぜ」

と勝五郎が言い切った。

無言で頷いた観右衛門は勝五郎に手を引かれて、小舟から長屋の庭に上がった。

朝の光が新兵衛長屋の庭に差し込んできた。すると柿の木の下に柱で造った「砥石《といし》」と木の「包丁」が茣蓙《ござ》のうえに置かれてあった。

観右衛門は、赤目小籐次になり切った新兵衛が研ぎの真似を何年も繰り返してきた仕事場を見た。

「昨日な、新兵衛さん、珍しく黙々とよ、いつもより遅くまで研ぎ仕事をやっていたんだ。お夕ちゃんが夕めしだと迎えにきてな、孫の手を煩わすことなく、差配の家に戻ったんだよ。それで研ぎ場が残されちまったんだな」

もはや新兵衛が座ることのない研ぎ場をしばらくふたりは見ていた。

「赤目様のなり切りではございませんでしたか」

「昨日は黙って研ぎ仕事をしていたな」

と言った勝五郎が、

「まさか、新兵衛さん、正気に戻っていたのか」

「さあて、私には分かりませんな」

と応じた観右衛門の視線が赤目小籐次の部屋に向けられた。

「酔いどれ小籐次一家の帰りを待って死ぬがいいじゃないか」

と勝五郎がぽつんと呟いた。

「はい、そのことだけがなんとも残念でございますな。新兵衛さんの晩年は、赤目小籐次様のなり切りの日々でした。もし、新兵衛さんが正気に戻っていたとしたら、だれよりも赤目様に挨拶して身罷りたいと思ったんじゃございませんかな」

「おお、そうだよな。酔いどれ小籐次もよ、旧藩の殿様の我がままに付き合うなんてしなくていいんだよ。新兵衛さんの通夜と弔いに足りねえのは、酔いどれ小籐次一家だよ」

「いかにもさようです」

と観右衛門が答えた。すると、

「大番頭さん、研ぎ道具を新兵衛さんの枕元に持っていってようございましょうか」

国三が木製の砥石と包丁を手に尋ねた。

「おお、気がつかなかったぜ、番頭さんよ。新兵衛さん、なにがあの世に持っていきたいかって、柿の木の下で仕事をしていた道具だよな」

と観右衛門の代わりに勝五郎が答えた。

ふたりの言葉に観右衛門が大きく頷いた。

新兵衛は笑みを浮かべた顔で床に寝かされていた。それを長屋の連中が見守っていた。

「大番頭さん、見てやってくださいまし」

と娘のお麻が言った。

頷いた観右衛門が膝でいざりながら新兵衛の骸に近づいた。枕元には線香が燻《くゆ》っていた。顔にかけられた白布を観右衛門が剝いだ。

「新兵衛さん、長《なが》のお務めご苦労でございました」

と久慈屋の家作の差配を務めていた新兵衛を労った。

「おお、笑ってやがるぜ」

勝五郎がいい、その場のみんなが新兵衛の顔を見て頷くと、

「きっと満足してさ、身罷ったのよね」

と女房のおきみが洩らした。

「おきみさん、お父つぁんはいい人たちに恵まれて好きなように生きてきました、間違いございません。ご一統さん、ありがとうございました」

と礼を述べたお麻の両眼からぽたぽたと涙が落ちた。

「おっ母さん」

傍らに座っていたお夕が手拭いを母親に差し出した。

「これで新兵衛長屋の差配は本式にお麻さんでいいんだよな、大番頭さんよ」

涙を見た勝五郎が話柄を変えた。

「実際には何年も前からお麻さんが長屋の差配でしたよ。うちの旦那様に相談してきましたが、長屋の差配はお麻さんに引き継いでもらいます」

と観右衛門が言い切った。

「となると、新兵衛長屋はお麻長屋と変わるのか」

勝五郎の言葉に、

「滅相もありません」

とお麻が答え、

「大番頭さん、私が差配を勤めて宜しいのでしょうか」

と念を入れて問い、

「はい、代替わりですよ。宜しいですな」

と観右衛門が当人に命じた。

長屋の一同と新兵衛の骸の前で長屋の差配が正式に代わった。

「となるとよ、お麻さん、桂三郎さんよ、今晩が通夜でいいな」

さらに勝五郎が話を変えた。

お麻が亭主の桂三郎を見た。

「この季節を考えますと一刻も早く今宵にも通夜をなしたほうが宜しいかと思います。いかがでございましょう、大番頭さん」

長屋の持ち主の久慈屋の大番頭に桂三郎は考えを求めた。

「そうしましょうかな。確かこちらの菩提寺は、麻布今井寺町の微妙山真性寺でしたな」

と差配を任せてきた新兵衛の菩提寺まで承知している観右衛門が言い切った。

「となると、私が真性寺に参り、住職にこの旨をお願いしてきましょうか」

女房のお麻にとも観右衛門にともつかずに桂三郎が問うた。

ふたりが頷き、

「桂三郎さん、国三を従えさせましょうかな」

と観右衛門が言い出した。

「お申し出、真《まこと》にありがとうございます。されど、大番頭さん、私、ひとりでできるかと思います」

桂三郎が久慈屋の奉公人の伴はいらないと遠慮したとき、お麻が涙を拭《ぬぐ》って、

「ご一統様に相談がございます」

と言い出した。

「通夜は明日がいいかえ、お麻さんよ」

と今夜の通夜を提案した勝五郎がお麻を見た。

「勝五郎さん、そうではございません。身罷った者は、しばらく周りの声が聞こ

えると申します」

「さような話ですな、それがどうしましたな」

観右衛門がお麻の相談の中身を気にして質した。

「お父つぁんがこの場の話を聞いているかどうか存じませんが、ひとつだけお願いがございます」

「この場は長年の付き合いの者ばかり、身内です。遠慮せずにお麻さん、言いなされ」

と観右衛門が催促した。

「今宵通夜はよいとして、明日の弔いをしばし延ばすことはできましょうか」

「そりゃ、坊主がいいといえばいいんじゃないか」

勝五郎が口を挟んだ。観右衛門が、

「いつまで延ばしますな、お麻さん」

「大番頭さん、それがどれほど先かただ今は申せません」

「なにっ、今宵通夜をして弔いはいつになるかわからないというのか。妙な葬式だな」

勝五郎が一同の思いを表すように洩らし、国三が、

「私、お麻さんのお考えが分かったような気がします」

と言い出した。

「おや、久慈屋の番頭さんはお麻さんの思案を読めたというか」

「勝五郎さん、当たっているかどうか、遠慮なさってなかなか言い出せないお麻さんに代わって申し上げてようございましょうか」

「おお、申し上げてみねえ」

と勝五郎が国三を見た。

国三は無言で大番頭を見て、許しを求めた。

「話してみなされ、国三」

「お麻さんはこの場にいない赤目様一家のことをお考えになったのではございませんか。この新兵衛長屋がこの界隈で名の知れた長屋というのは、天下の酔いどれ小籐次様が未だ関わりを持っておられるからでございましょう。それに身罷られた新兵衛さんは、赤目小籐次様のなり切りを務めて晩年を過ごされました。新兵衛さんが最後の最後に正気になられたとしたら、新兵衛さんは赤目小籐次様、おりょう様、そして駿太郎さんにお別れを言いたかったのではと、娘のお麻さんは考えられたのではございませんか」

国三の代弁にお麻が頷いた。

「なんてこった。通夜を今宵催してよ、弔いは随分と先延ばし。つまり赤目小籐次一家の江戸帰りを待って行うってことだな」

勝五郎が国三の推量を繰り返して念押しした。

国三がお麻を見た。するとお麻が再びこくりと頷いた。

「おい、まさか弔いまで新兵衛さんは、骸はこのままか」

「そうではございません、勝五郎さん。明日にはみなさんと一緒に真性寺に埋葬します。そして、赤目様一家の帰りを待ってお寺さんで弔いをできないものかと、思い付いたのでございます」

一座の者がそれぞれ考えに耽《ふけ》った。

「お麻さん、新兵衛さんは、何年もなり切りの赤口小籐次を演じてこられたのです。この話を喜ばれるのは新兵衛さんでしょうな」

と言った観右衛門が、

「新兵衛さん、娘の考えはどうですな」

と呼びかけた。

そのとき、勝五郎が、

「おお、新兵衛さんの顔を見ねえ、えらく満足げじゃねえか」

「勝五郎さん、笑ってますな」

と観右衛門が応じて、

「赤目様一家が江戸に戻られた折、私どもといっしょに弔いに集うとしたら、これほどありがたいお見送りはございませんな。新兵衛さんも大喜びで彼岸《あちら》に旅立たれましょう」

と賛意を示した。同時にこのことは豊後の赤目小籐次と三河のおりょうに知らせねばと頭に刻み込んだ。

「読売屋のほら蔵なんて小躍りして喜ぶぜ。むろんよ、おれも仕事にもなるしな」

と勝五郎は不謹慎なことを言った。

「この話、真性寺の和尚に得心させることが大事ですぞ、桂三郎さん」

「と申されますと。大番頭さん、私だけでは役目が果たせませんか」

「いえ、施主はそなたです、桂三郎さんですぞ。とはいえ、寺は格式を重んじますでな、ここは一番、久慈屋の大番頭の私が桂三郎さんのお伴をさせてもらいましょうかな」

と言いだし、お麻の考えが成った。

二

八丁越では夜が明けようとしていた。

石畳を靄《もや》が覆っていた。

森藩の参勤交代の行列は、山道とはいえ、飛地頭成から九里二十四丁をふた晩泊まりで、未だ森陣屋に辿りついていなかった。

玖珠街道に詳しい道中奉行一ノ木五郎蔵も初めての経験だった。その一ノ木が行列の先頭から藩主久留島通嘉の乗物のそばに姿を見せ、近習頭池端恭之助と顔を合わせた。

ふたりの道中着は夜露に濡れて夜明けの微光に光っていた。そして、互いに疲れ切っていた。いや、疲労困憊は、行列のだれしも、賦役方や馬も含めてだった。

山中は寒かった。

「殿は息災でござろうな」

一ノ木が池端恭之助に小声で質した。

「夜が明けたか」

と通嘉の声が、池端が答えるより先に道中奉行に問い返した。

「殿、白々と大岩扇山が見えておりまする」

「不逞な刺客どもはまことに行列を襲う心算か」

「八丁越を靄が包んでおりますれば、刺客どもが行く手に在りやなしや判然と致しませぬ。とは申せ、金子《きんす》で雇われた面々です。昨日の鉄炮騒ぎのあと、報奨を諦めてあっさりと八丁越を去ったとは考えられませぬ」

「で、あろうな」

と応じた通嘉は、

「未だ赤目小籐次、駿太郎父子の姿はないか」

「はい、こちらも」

「姿を見せぬか」

と念押しした通嘉の声音に不安があった。が、己の不安に抗うように、

「一ノ木、予が刺客の頭分と話せぬか」

と言い出した。

「殿、なにをなさろうと申されますか」

と近習頭の池端が狼狽の声で応じた。

「金子で雇われた者ならば、予の払う金子次第で、こちらの意を飲むのではなかろうか」

「そ、それは」

と池端が困惑し、一ノ木五郎蔵も、

「刺客の傍らには、国家老一派が張り付いておりましょう。殿が刺客に接するのを許すとは思えません」

と疲れた声で言い切った。

乗物のなかの通嘉が黙り込んだ。

「殿、水か糧食をお持ちしましょうか」

池端の問いにしばし間をおいて、要らぬ、という返事が返ってきた。

八丁越の石畳に茶店や飯屋があるわけではない。賦役方が馬の背に振り分けて運んできた食い物や水だ。

一方、頭領林埼郷右衛門恒吉ら刺客もまた山中で夜を過ごすという予定外の羽目《はめ》に陥った。

元来の企てでは、行列に同行する赤目父子を昨日のうちに討ち果たす心算であった。だが、行列には赤目父子の姿はなく、国家老一派は林埼の意向を無視して、鉄炮方と弓方を密かに八丁越を見下ろす小高い丘に配して矢と鉄炮弾を浴びせかけ、物頭に叱責されるという飛んだ茶番を見せられた。

なんとも愚かな行為に刺客たちは機を逸して、ひと晩待つ羽目に陥ったのだ。

「林埼どの、小天は赤目父子を見つけ出しましょうかな」

と左右田が問い、

「赤目小籐次は歴戦の兵《つわもの》ぞ。忍びの真似ごとをなす小天とて、暗闇の山中で容易く見つけ出したとは思えん。見つけるとしたら夜が明けたこの瞬間ではないか」

と林埼は答えていた。

その迫田小天は、八丁越に止まらざるを得ない行列の先頭と刺客が待ち受ける坂道の出口のちょうど中ほど、森川の支流が流れる岩場に人の気配を感じとっていた。

(見つけたか)

と思ったとき、岩場の間からひとりの人影が姿を見せた。

父子ではない。近習頭が伴っておる小者だった。

「だれぞを探しておられるか」

与野吉が先に小天に質した。

「赤目小籐次と倅の駿太郎を探しておる」

と小天は正直に告げた。

「ほう、こちらと同じことを考えておられるか」

小者は迫田小天が刺客のひとりと承知のうえで、平然と話しかけていた。

小天はどうしたものか迷った。この者を殺めたところでなんの益にもならなかった。そこで質した。

「どうする心算か」

「赤目様のお心を読むのは容易くはありませんぞ。京伏見からの淀川三十石船でとくと知らされましたでな。そなたも、父子が八丁越に姿を見せるのを待つしか策はありますまいな」

と相手が言った。

「さような暇はない」

と小天が答えたとき、岩場の上から若い声が降ってきた。

「なんぞわが父に御用かな、それともそれがしで用が足りるかな」

小天は岩場を見上げた。

木刀を携えた若武者がひっそりと立っていた。

(なんと赤目駿太郎ではないか)

間近で見上げる若武者は小天が遠目で見たよりもずっと若かった。

「そなた、刺客のおひとりですね」

相手の問いに小天は頷き、尋ねた。

「そなたの父御はどこにおられる」

「八丁越のどこぞに潜んでおられよう。それがし、谷間の河原でひと晩じゅう体を動かしておりましたで、父の行き先は知りません」

と小天が尋ねない自分の動きまで告げた。たしかに若者の額に汗が光っていた。

(なんという若武者か)

「赤目駿太郎どのですね」

　小天は念を入れて問うた。

「いかにもさようです。父にご用とはどのようなことでしょうか」

と丁寧な口調で応じた相手に小天は畏敬の念を感じた。

「こちらの用は済み申した。仲間のところへ戻ります。よかろうな」

「お好きなようになされ」

と若武者が応じて小天は岩場から八丁越の坂上へと戻りながら、

（やはり力が違う）

と改めて悟った。

刺客の頭領林埼に赤目駿太郎との出会いと問答を詳しく報告した。

「なに、赤目小籐次が八丁越のどこにおるか知らぬと倅は言うたか」

「虚言を弄しておるとは思えませぬ」

その返事を聞いた林埼が、

「改めて駿太郎の技量どう思うたな」

と質したが小天は無言で首を横に振った。

「柳生七郎兵衛に続き、そなたも戦力から抜けたか」

「林埼様、抜けてはおりませぬ」

「いや、抜けたも同然よ。よいか、剣術家の真剣勝負がどのようなものか、手出しをせずにとくと見ておれ」

林埼が命じ、小天は素直に頭領の言葉を聞き入れた。

小籐次は靄に包まれて八丁越の傍らにいた。

自らがどこにいるのか、分からなかった。だが、刺客たちと参勤行列の間に坐して、杉の古木の幹に寄りかかって両眼を瞑っていた。

褥《しとね》は玖珠街道の靄だ。

八丁越を包んだ靄が薄れたときが、戦いの時だ。

小籐次は、

（豊後は遠い）

と思った。

先祖代々森藩の下士を勤めてきた赤目一族の国許がかように遠いとは努々想像だにしなかった。

「江戸の面々はどうしておろうか」

と漠たる考えが頭に生じた瞬間、親しき人の悲劇を感じた。

（どなたかに死が見舞ったか）

とあれこれと散漫な想いをなしているとき、小籐次の手が次直の柄に触れた。

（おお、それがしの代わりに研ぎ仕事の真似事をしておる新兵衛さんが身罷ったか）

と気付かされた。

(新兵衛さん、わしの帰りが待てなかったか)

(酔いどれ様よ、わしは長生きし過ぎたぞ)

との声が靄の向こうから聞こえてきた。


風が山から吹きおろし、八丁越に残っていた靄を散らした。すると参勤交代の行列と刺客たちが睨み合う石畳に破《や》れ笠を大頭に載せた小柄な年寄りが独り佇んでいた。腰に一剣を差しただけの形だ。

「赤目小籐次か」

刺客のひとりが思わず洩らした。

小籐次が破れ笠に差した竹とんぼを抜くと、指に挟んで軽くひねり、ぽいと放った。石畳のうえをなめるように竹とんぼが飛んでいく。

林埼郷右衛門は、あとを頼む、と副頭領の左右田武吉に言い残すと、すたすたと石畳を下り始めた。

小籐次も竹とんぼに導かれるように石畳のゆるやかな坂道を上っていった。

竹とんぼが石畳の上から路傍に移り、その場の風に乗って飛翔していた。

林埼郷右衛門は名乗りもせず、豊後国の鍛冶が鍛えた太刀、古今伝授行平《こきんでんじゅゆきひら》を抜くと右手に構えて歩を進めた。

林埼は一瞬竹とんぼを見やった。

小籐次は、相手の刃渡り三尺に近い太刀の反りの強さを確かめながら、すたすたと間合いを詰めた。腰の備中国次直の柄には手もかけていない。

ふたりの戦いを乗物から下りた久留島通嘉も駿太郎も小天も、刺客の面々も、参勤交代に加わった家臣団も固唾《かたず》を飲んで見守っていた。

生死の間合いに両者が入ったとき、林埼より背丈が一尺余は低い小籐次が腰を沈めた。その小籐次に圧し掛かるように林埼の右手の古今伝授行平が虚空に躍って、歩を止めることなく進みくる小籐次の脳天に振り下ろされた。

直後、小籐次の体が太刀の下へと吸い込まれるかのように入り込み、鯉口が切られると同時に右手が刃渡り二尺一寸三分の次直の柄にかかり、光になって圧し掛かってくる林埼の胴を抜いた。

太刀も同時に小籐次の脳天を襲ったかに見えた。

虚空からの攻めと地表からの胴斬りが交錯した。

両者はひとつに重なって固まった。

刻が止まり、静寂が場を支配した。

天真正伝香取神道流兵法の奥伝者、不動の武芸者がゆらりと揺れた。

ぽとん、と力を失った竹とんぼが路傍に転がった。

小籐次の脳天、破れ笠を古今伝授行平の柄が抑えて、小籐次の次直の刃は林埼の右脇腹から胸に斬り込まれていた。

「嗚呼ー」

と刺客たちから悲鳴が洩れた。

ぐらり、と揺れた林埼郷右衛門が石畳に崩れ落ちていった。

「来島水軍流正剣二手流れ胴斬り」

小籐次が告げた。

「畏るべし、赤目小籐次どの」

林埼郷右衛門の口から洩れて、笑みといっしょに死出の旅に発った。

刺客の幾人かが、刀の柄に手をかけた。

「各々《おのおの》がた、無益な争いを為すでない。わが頭領の尋常勝負を穢《けが》す者は、左右田武吉が斬る」

と副頭領が告げた。

「副頭領、われらには務めがございます」

とひとりが抗った。

無外流の遣い手長峰兼佐斗《ながみねかねさと》は、御用人頭の水元忠義が探してきたひとりだ。

「長峰、そなた、赤目小籐次どのを討ち果たす技量ありやなしや」

「左右田どの、勝負は時の運にござる」

「抜かせ。そのほう、われらが頭領林埼どのの戦いを見たな。無益な死を重ねて、なんになる」

「われら、金子にて雇われた者、金と引きかえにわれらが森藩の国家老に差し出したのは、この命にござる」

「長峰、そこまで申すならば、あれにおられる赤目小籐次どのと立ち合うてみよ」

「おお」

と喚いた長峰が仲間を見た。

だれもが長峰の狂ったような眼差しを避けた。

「なに、だれひとりそれがしとともに戦う者はおらんか」

と喚いて問うたが返事はなかった。

この刺客たちから離れた岩場から迫田小天は、林埼郷右衛門と赤目小籐次の戦いを見た。

（尋常勝負とはかようなものか）

わが頭領の戦い方は正攻過ぎたのか。

赤目小籐次は、破れ笠に差していた竹とんぼを飛ばし、林埼の集中心を散らしていた。かような小技を平然と赤目小籐次は使うか。

森藩の厩番と聞いていたが、下士らしい戦い方だ、と思った。

（ひょっとしたら林埼郷右衛門は、赤目小籐次の戦い方を承知だったのではないか）

それが分かっていて己の命をかけたのか。

刺客の数人が戦いの場に放置された林埼の骸を運び去ろうとしていた。頭領の死によって、刺客団は解散されるのか。

林埼は小天に、

「剣術家の真剣勝負がどのようなものか、手出しをせずにとくと見ておれ」

と言い残した。

「見た」

と小天は思った。

女剣術家としてどう生きるか、林埼は小天になにをせよと言い残したのか。

小天は背後に人の気配をふと感じた。

（しまった、迂闊だった）

と思った。

「迫田小天どの、それがしでござる」

との声に振り返ると柳生七郎兵衛と名乗る剣士が岩場にしゃがんでいた。その肩から左腕が白い布で吊るされていた。

「ご覧になりましたな」

「見た」

と七郎兵衛が言った。

「柳生どの、そなたは倅の赤目駿太郎と戦ったな」

「見てのとおり、それがし、十四歳の若武者の憐憫によって生き残っておる」

小天は返すべき言葉を持たなかった。

「それがし、戦いを前にして駿太郎どのが十四歳と知り申した。聞かずに戦えたならば、どれほど気が楽であったか」

と七郎兵衛が悔いの言葉を吐いた。

小籐次の倅もさような策を用いるか。

「この場には、なにをしにお出でになりました」

「それがしの今後の生き方を考えるためであろうか」

と曖昧な答え方をした。

「柳生どの、そなたは駿太郎どのと戦い、今まで赤目小籐次氏の戦いを見た。あの親子の戦いはいかに」

「天下一の武芸者がこと、凡人には分からぬ」

「小技がなければ天下一の武芸者になりませぬか」

「迫田どの、剣術家ならばだれしも得意技や小技のひとつふたつ持っておりましょう。それは剣術家のなすべき修行のひとつと考えております。竹とんぼにもし林埼郷右衛門様が惑わされたとしたら、林埼様の修行が甘かったというしかございますまい。赤目小籐次どのも駿太郎どのも、われらよりも険しくも厳しい剣術修行の道を歩まれてきたのです。稽古に励まれることで、体の小さなことも、あるいは年端のいかぬことも、すべて凌駕したのです。そう思いませぬか」

両人は岩場の上でしゃがんでいた。林埼の骸が片付けられ、発駕を前に行列から殿の到着を知らせる小者が森城下に向けて遣わされた。そして、間をおいて行列が粛々と前進を再開した模様を無言で眺めていた。

「柳生どの、林埼様はわたしに、柳生七郎兵衛どのと再会することがあれば、剣術とはなにかを話し合えと申されました」

「なんと、頭領は、われらの未熟がなんたるか考えよ、と言い残されましたか」

「さように受け止めました」

ふたたび沈黙の時が流れた。

「それがし、剣術を続けてよいのか」

「私にもよう分かりませぬ」

と言い合った。

三

「文政十年六月十五日。

朝六つ半（午前七時）時、久留島通嘉様、八丁越を発駕遊ばされ、昼四つ（午前十時）時頃、無事御着座遊ばされ候事」

豊後森藩久留島通嘉の帰国について藩政簿には認められることになる。

江戸を出立して四十日余、赤目小籐次と駿太郎父子は、初代来島長親が玖珠郡森に入封して立藩した森城下に入った。

伊予の村上水軍が海から山に転封させられたのは、慶長六年（一六〇一）ゆえ二百二十六年後のことだ。

「おお、この地が森城下か」

感慨深げに小籐次は、周りの山並みの緑の光景を眺めた。

「父上、城下とは言い過ぎにございます、陣屋にございましょう」

「おお、ついな、殿の口癖が頭に刻み込まれて口をついたわ」

「ご覧ください。森陣屋と思しき建物の背後に聳える山を」

駿太郎は樹々の緑が美しい単峰を差して父親に教えた。

「うーむ、おそらくあれは、角牟礼《つのむれ》城ではあるまいか」

「父上、久留島の殿様の領地にはお城がないのではございませんか」

「徳川様の天下になって許された城はない。だがな、戦国の御世、難攻不落の山城があったそうだ。いまや廃城であろう」

父子は森陣屋のある所領より角牟礼城跡にしばし眺めいった。

山頂部の斜面には赤松、コナラなどの樹々が美しい景色を見せていた。

駿太郎は頂きから森陣屋へと眼差しを戻した。

「父上、森陣屋の住人は何人でございましょう」

「戸数はおよそ三千余、森陣屋のある玖珠郡、飛地頭成のある速見郡、天領が大半の日田郡の三つに、家中と百姓衆、商人衆を合わせて一万五千余人と聞いておる」

小籐次は道中を通じて通嘉や近習頭の池端恭之助らに聞かされた知識を駿太郎に伝えた。当然のことながら玖珠郡、速見郡、日田郡のすべてが森藩ではない、それぞれの一部が集まったのが森藩一万二千五百石の所領だ。小籐次と駿太郎父子のいる場からは通嘉が何年もかかって大改修中の三島宮の様子を見ることはできなかった。

（貧しい）

と森陣屋を眼の前にして小籐次は改めて思った。

いつしか参勤交代の一行は、久留島館《やかた》と呼ばれる陣屋の大門を潜っていた。

「うーん、鄙《ひな》びておるな。われらが研ぎ場を設える久慈屋から見える芝口橋なら半刻余りで、森藩の家臣と住人が合わさった人数が往来しておろう」

「寂しいという言葉は使うてはなりませんね」

駿太郎が己に言い聞かせるように呟いた。

そこへ物頭の最上拾丈が姿を見せて、

「長の道中ご苦労にございました」

と親子を労った。

「最上どの、そなたに助けられた」

「われら、行列に矢や鉄炮弾を浴びせる考えなしの家来を咎めだてしただけにござる。それがし、酔いどれ小籐次様の来島水軍流の奥義、拝見して五体の震えが止まりませんでした。相手方の林埼郷右衛門なる方の非情の一撃を躱《かわ》され、斃された。お二方は文政の御世《みよ》、稀有《けう》の技量の持ち主同士、八丁越であのような名勝負が催されようとは、江戸のお方は努々考えておるまい」

「最上どの、林埼どのは死なせるには惜しい人材にござった。が、わしにも手加減する余裕がなかったわ、そのことが悔やまれることよ」

小籐次の言葉に最上が頷いた。

「おお、最上どのに相談があった」

「どのようなことでございますな」

「林埼どのとの勝負でわが次直がいささか刃こぼれした。ご城下に研ぎ師がおられようか。いや、砥石類があれば、わしが研いでもよい」

「赤目様、豊後玖珠地方は、古くは後鳥羽院とご縁がござってそののち後醍醐天皇とも深い関係があり申す。さらにこの界隈の肥後菊池、阿蘇、豊前宇佐宮は禁裏に忠勤を尽くしてきた土地にござる。宇佐郡にいた刀工一族が玖珠に移住しましてな、この辺りでは今も刀工が鍛造しておるのです」

　と最上が小籐次に新たな玖珠の知識を告げた。

「なんと京の都の技を受け継ぐ刀鍛冶がこの地におられるか」

「いかにもさよう。豊後来《らい》と称して国宗、国光、国久、資貞ら刀工が代々、豊後玖珠の刀を鍛え続けた地ゆえ研ぎ師も森城下におります」

「それはよきことを聞いた」

「赤目様、久留島家六代の通祐《みちすけ》様は京二条城番と大坂城番を、当代の通嘉様も十数年前、駿府城番を公儀より命ぜられ、代々の殿が豊後に京、大坂、駿府の刀鍛造の技をもたらしてきましたでな、山中の貧寒とした陣屋にもそれなりの刀鍛冶もおるのです」

「わしはさようなことを知らずして森陣屋に参ったか」

「とは申せ、赤目様、刀工としての生計《たつき》はこの森藩ではなりたたず、藩も刀工を抱える余裕がありませんでな、通祐様に召し抱えられた刀工の正次が、三人扶持六石を授けられたくらいでな、京の刀鍛冶の扱いとは比べようもござらぬ」

最上は豊後来と称される刀工の境遇をこう評した。

「ぜひ豊後来の刀工や研ぎ師に会いたいものでござる」

小籐次の願いに、

「つい最前参勤行列が陣屋に着到したばかり、赤目様、二、三日、暇を下され。それがしが刀工播磨守國寿どののもとへご案内仕《つかまつ》る」

と約定した。

「さて、陣屋に参りましょうか」

「参勤行列が森陣屋に着いてなんぞ儀式がござろうか」

「まず三島宮を詣でられて参勤下番が無事済んだことを報告しておられよう。そのあと、殿は国家老嶋内主石ら家臣一同の挨拶を陣屋にて受けられる手筈、その場に赤目様を呼ぶようにそれがしに使いを命じられたのです」

「なに、元厩番が殿と国家老どのの挨拶の場に呼ばれるか」

「本日いちばんの緊張の場かと存じます」

「うーむ」

と唸った小籐次が駿太郎を見た。

「父上、それがし、ご城下の差し障りのないところを見物しております」

「そうじゃな、われら父子でさような場に出るのはどうかと思うでな。わしだけが国家老どのにご挨拶して参ろうか」

と最上に視線を戻し、それでよかろうかと目顔で聞いた。

「駿太郎どのは宜しゅうござろう。見てのとおり城下と申してもさほど広くはござらぬ。見物に飽きたら館に参られよ」

と最上が駿太郎に言い、小籐次とともに陣屋の建物へと向かった。

さて、どうしたものか、と駿太郎がその場に佇んでいると、

「長い旅路でしたね」

近習頭池端恭之助の中間にして密偵の与野吉が声をかけてきた。

「大名家ではかような参勤交代を毎年繰り返しておられるのですか。大変ですね。それがし、一度の同道で十分です」

駿太郎が苦笑いした。

「さあて、どこへ行きましょう」

と与野吉が聞いた。

「腹が空きませんか。われら、昨日の昼めし以来、食い物を口にしていませんよね」

「八丁越で夜を明かすなんて考えもしませんでした。腹が背にくっつきそうです」

与野吉も駿太郎の言葉に即座に応じた。

「さて、この城下に食い物があるかな」

「頭成のほうがまだ食い物屋はありましたよね」

とふたりが言い合いながら、ぶらぶらと森陣屋の周りの町家を歩いていった。

駿太郎はふと備前古一文字則宗の柄を見た。そこには福玉と呼ばれる小さな折り紙のくす玉が揺れていた。

「待ってください。森陣屋で困ったことがあったら、米問屋にしてなんでも屋のいせ屋正八方を訪ねよ、と頭成の船問屋塩屋のお海さんに文で教えられていました。その店を訪ねてみませんか」

「ほう、塩屋の娘さんにね、探してみますか」

ふたりが広くもない陣屋周辺の町家を歩いていくと、三叉路に犬と猫が寝そべっている店の前に出ていた。看板に、

「米問屋　なんでもあり　いせ屋正八」

とあった。

「駿太郎さん、思いだした。ここは私が下見に来た折に入った店ですよ。うどんが美味かった覚えがあるな」

と与野吉が言い出した。

「ただ今ならばなにを食べても馳走です」

ふたりが店前に立つと、老人が店のなかから手招きした。

「参勤交代の衆やな」

「久留島の殿様の家来ではありませんが、行列とごいっしょしてきました」

駿太郎が答え、問うた。

「こちら、いせ屋正八さん方は、頭成の塩屋さんの知り合いですよね」

「おお、お侍さんは塩屋を承知か」

刀の柄にぶら下がる福玉に老人が目を止めた。

「頭成逗留ちゅうに世話になりました。お海さんに森陣屋に行って困ったら、いせ屋正八を訪ねなさいと知らされていたのを、さっき思いだしました」

「そうか、その福玉はお海の手造りか」

「はい、森陣屋から無事に戻れるようにとこの福玉を頂戴しました」

うんうん、と頷いた老人が、

「わしはいせ屋正八の隠居の六兵衛じゃ、なんぞ困っておりなさるか」

「はい。われらふたりして腹が空いております。いえ、参勤交代のご家来衆も賦役方も荷馬もぺこぺこでしょう」

「なんぞあったかな」

八丁越での騒ぎを当たり障りのないところで告げた。

しばし黙って聞いていたいせ屋正八の隠居が、

「二豊と呼ばれる豊前・豊後の九藩のなかで、いちばん小さな藩が二手に分かれて騒ぎ立てしおって困ったもんや」

と呟き、

「おい、おかる、この若い衆ふたりに大もりのうどんを拵えてくれんか」

と奥に叫んだ。

「お侍、森藩の関わりでもない者が行列に従ってきなさったか」

隠居は麦茶を茶碗に注ぎながらそのことに関心を示した。

「わが父がその昔、森藩の江戸藩邸、と申しても下屋敷の厩番として奉公しておりました。そのことが縁で殿様に父とそれがしが国許の森陣屋に招かれたのです」

うむ、と隠居が茶碗をふたりに差し出しながら、首を傾げた。

「陣屋から噂が流れてきおったな。なんでも酔いどれ小籐次様がこの地に来るとか来ないとか」

「われら父子、かように森藩に着いたところです」

「まあ、待ちなされ。天下の酔いどれ小籐次様は、かなりの齢《よわい》と聞いたがのう」

「父は五十路をだいぶ前にこえた年寄りです。それがしは赤目小籐次の実子ではのうて、赤子の折に養子になりました。ゆえに赤目小籐次は育ての親です」

「そうかそうか。それにしても『御鑓拝借』の武勇の主がこげん森藩にな」

と訝しげな顔をしたとき、おかる、と思しき女衆が盆に具がたくさん入った大盛りうどんと握りめしに香の物を載せて運んできた。

「おお、これは美味しそうです、与野吉さん」

「言ったでしょう。いせ屋のうどんはなかなかの逸品ですと」

駿太郎と与野吉のふたりは、盆の食い物に目を釘付けにしながら言い合った。

「頂戴します」

合掌する駿太郎とそれを真似た与野吉は夢中で作り立ての熱々のうどんを啜り込んだ。さらに握りめしを食べたふたりはにっこりと笑い合った。

その様子を隠居とおかるのふたりが呆れ顔で眺めていた。

「うどんも腰があっていいが、握りめしが美味かったな」

駿太郎が与野吉にいうのをいせ屋正八の隠居六兵衛が得たりと奪い、

「豊後森は米がよかと、この界隈で評判の米やぞ」

と威張った。

「お父つぁん、よほどお侍さん方、腹を減らしとったとね」

「おお、昨日、由布郷でめしを食って以来、今さっきまでなにも口にしとらんそうや。国家老一派に雇われた剣術家十何人かに待ち伏せされて八丁越でひと晩過ごしたそうや」

「まあ、なんと気の毒な」

「おかる、この若いお侍さんは酔いどれ小籐次様の子やぞ。塩屋のお海さんをよう知っとるわ」

「刀に提げられた福玉はお海さんの造ったものよね、お父つぁん」

嫁と思われたおかるは娘のようだった。奥からぞろぞろと子どもが六人も出て

きて、

「福玉や、きれいやぞ」

駿太郎の刀の柄の福玉に興味を寄せた。

「おい、この福玉は頭成のお海がお侍にあげたもんじゃ。おまえらは表で遊んどれ」

隠居の六兵衛が孫たちに命じると素直に表に出た六人の兄弟姉妹が犬や猫や鶏といっしょに駆けまわり始めた。

「お侍さんはいくつかね」

とおかるが尋ねた。

「十四歳です」

「えっ、見上げるような背丈じゃがな、ほんとに十四か」

「この正月に元服しました。真に十四歳です」

ひと頻《しき》り駿太郎の歳が話題になった。

「いせ屋正八のご隠居さん、おかるさん、この駿太郎さんは養父の酔いどれ様仕込みで剣術の腕前は並みではありません」

と与野吉が自分のことのように胸を張って言った。

「ふーん、殿さんが赤目親子を森に招いたか、こりゃあ曰くがありそうや」

腕組みしたいせ屋正八の隠居が洩らした。

「父の先祖の故郷の瀬戸内の大山祇神社や来島や、豊後の森陣屋の見物と思って摂津大坂から参勤行列に同行してきました。ですが、道中の騒ぎを見ていると、やはり曰くがあるのでしょうね」

駿太郎が隠居の六兵衛に問うてみた。

「駿太郎さんち、いいなさったな。陣屋はな、ふだんは国家老様の天下じゃ。そこへ江戸から殿様が戻ってこられたがな、これで二手に分かれて睨み合いになるな」

と六兵衛が言い切った。

「ご隠居さん、国家老の嶋内主石様はどのようなお方ですか」

駿太郎はここぞとばかり尋ねてみた。

「国家老様な、もう何年もわしら住人は姿を見とらん。陣屋に籠り切りで、あれこれ指図するだけと聞いとる。そうやな、何年も前に見たときは、水ぶくれの河《ふ》豚《ぐ》のようじゃったな。そん代わり、眼が針んように細かと」

「水ぶくれの河豚ですか」

「うん、ちょっと目にはなにを考えとるかわからんけど、水ぶくれの腹に毒をためこんでおると家来衆は陰でいうとると」

「厄介な御仁ですね」

「あんたさん、ほんとに十四か。うちの孫の正太郎とあんまり変わらんぞ、おかる」

六兵衛が言った。

「お父つぁん、うちの正太郎は十一じゃが、お侍の半分も背丈がなかよ」

「おお、半分やな。鶏追い回して遊びおるがな」

六兵衛とおかるのふたりが表で遊ぶ正太郎を見て、駿太郎に視線を戻した。

「このご城下で見物するところはどこでしょう、おかるさん」

「そりゃ、なんといっても角牟礼の城跡やろ。陣屋のうしろに聳えとるやろが」

「大昔の山城ですね。あそこにこれから登るのは御免ですね。明日以降にしましょう。町家では見物の場所はありますか」

と言った駿太郎は不意に思い出した。物頭の最上拾丈と父が話していたことをだ。

「ああ、そうだ。森城下に刀鍛冶がおられるそうですね」

「おお、はりまさんやな」

「播磨と申されますか」

「鍛《う》ち終えた刀の茎《なかご》に、豊後森住播磨守國寿《はりまのかみくにとし》、と刻むそうや。わしゃ、見たことはない。みんなが、はりまさんと呼ぶで、わしもはりまさんとしか知らんと」

といせ屋正八の隠居が答えた。

「近くですか」

「この先二丁ばかりいったところや。はりまさんと呼べば弟子が答えよう」

と表に出た六兵衛が、

「こりゃ、正太郎、お侍さんをはりまさんのとこへ連れていけ」

と孫に命じた。

「では、これから國寿師のところを訪ねてみます」

と昼餉代を払おうとすると、

「遠く江戸から連れてこられた酔いどれ小籐次様の息子から銭がもらえるか。あんたさん父子は、この森でえらい仕事が待っとろうもん、うどん代なんて大したことなかとよ。それよりな、次の折には炊き立てのまんまを食べさせちゃろう。豊後の森の米は美味かぞ」

森の米を自慢した六兵衛は、昼餉代をふたりに払わせなかった。

「お侍さん、はりまさんのとこはこっちや」

正太郎が案内の気配を見せると、大勢の弟妹に犬猫までがぞろぞろと従ってきた。

なんとものんびりとした森城下であった。

「駿太郎さん、退屈はしなくって済みそうです」

と与野吉が苦笑いした。

「江戸藩邸は、元札の辻でしたよね。われら父子が研ぎ場を設けさせてもらっている久慈屋にしても、武家方の行列やら旅人で賑やかですが、こちらはまた違った賑やかさがありそうだ」

「ともかく一月が早く経つことを願っております」

「近習頭池端恭之助様と与野吉さんは、来年の出府までこの森に滞在するのではありませんか」

「いえ、私は用事を済ませたら早々に赤目様方といっしょに江戸に戻りたいです」

「用事が容易く終わるかどうか」

「そこです。頼みます、駿太郎さん」

とふたりは言い合った。

四

行く手から一枚にのばされた地鉄《じがね》を折り返し鍛錬する音が響いてきて、駿太郎には直ぐに刀工播磨守國寿の作業場が近いことが分かった。蔵造りのような作業場だ。

駿太郎がいせ屋の子どもたちに、

「相分かった」

と礼を述べようとしたとき、子どもたちや犬、猫まで蔵造りの仕事場に走っていった。

「はりまのおっちゃん」

と幼い娘が地鉄を叩く金槌の音に抗して叫ぶと、律動的に響く折り返し鍛錬の音が止まった。

「おお、いせ屋正八のみね古《こ》か、どうしたな」

と甲高い声が訪いの曰くを尋ねた。

駿太郎は腰の一剣を外すと右手に提げて開け放たれた作業場に群がる子どもたちの背後に立った。

作業場では白衣姿の國寿とふたりの弟子が熱した地鉄を二本の大鎚で叩いていた。地鉄はすでに鈍色になり、作業にひと区切りついたようだった。

國寿が駿太郎を見上げた。

「刀匠、作業の最中、邪魔をし申した。子どもたちは悪くございませぬ。それがしをこちらまで案内してくれたのです」

と詫びると國寿が笑みを浮かべ、

「赤目駿太郎どの、よう久留島館に参られた」

と応じた。

「國寿師、それがし、未だ名乗っておりませぬ」

「赤目小籐次どのと子息のそなたが久留島館に参ることはだいぶ前にさるお方に知らされておるでな。本日、参勤交代で帰国した旨も陣屋から聞かされておる。諸々考えると、そなたが名乗らなくとも赤目駿太郎どのと直ぐに分かった」

事の次第が分かった駿太郎は國寿に頷き返すと、

「暫時お待ちくだされ」

と願い、いせ屋正八の子どもたちを集めた。

「年上は正太郎であったな」

と長男に声をかけた。

「案内、ありがとうござった。なんぞ礼をしたいが飴玉ひとつ持ち合わせがない。不躾じゃが、なにがしか銭を渡す。爺様に許しを得て、みなで甘い物でも購《あがな》ってもらえ」

と一朱を懐紙に包んで渡した。

「いいのか、お侍さん」

「それがし、駿太郎である。次の折には名を呼んでくれぬか」

「分かった、駿太郎さん」

と快く受け取った正太郎が、

「おい、ちびっ子、ありがとうと礼をいえ」

と命じると、ぺこりと五人の兄弟姉妹が頭を下げ、

「おさむらいさん、ありがとう」

と礼を述べ、小走りに店へと戻っていった。そのあとを犬、猫が従い、最後に

正太郎が駿太郎に、

「駿太郎さん、またな」

と挨拶すると弟妹たちを追っかけていった。

「お待たせ申しました、刀匠」

「そなたのような家来が何人かおれば、森藩もな」

と嘆きの言葉の先を飲み込んだ。

「赤目様はどうしておられる」

「御殿に呼ばれておりまする」

「そうか、どなた様かが手ぐすね引いて待っておられよう」

と言った國寿師が、

「八丁越で行列は徹宵《てつしょう》されたとか」

國寿はもはや騒ぎを承知していた。つまりは森藩の家中とそれなりの繋がりがあるということだ。

駿太郎が慎重にゆっくりと頷くと、

「天下の酔いどれ小籐次様の武勇、拝見しとうござった」

と小籐次と林埼郷右衛門との勝負にまで國寿が触れた。

「父がその折、刃こぼれした刀次直の手入れをしたいそうです。ご城下には研ぎ師がおられましょうか」

「駿太郎どの、おりますぞ。されど赤目様は、江戸での生業《なりわい》は研ぎ方と聞いておりますがな」

「師匠はなんでも承知ですね。父とそれがし、ふだんは紙問屋の店先を借りて研ぎ仕事をしております。紙問屋や足袋を誂《あつら》えるお店の職人方の道具の研ぎから裏長屋のおかみさん連中のふだん使いの包丁研ぎです。父は、時に自分の差し料やら格別に頼まれた懐剣などを研ぐこともございます。ゆえに道具をお借りできれば父自ら研ぎましょう」

駿太郎は國寿に説明した。

「ならば、他日うちに赤目様がお出でになれば、研ぎ場を鍛冶場の一角に設けてもよいぞ」

と國寿が約束してくれた。

「有難いことです。父はきっと大喜びします」

「赤目家父子とわれら、同じ職人同士です。ならば互いに助けたり助けられたりするのは当然です」

國寿も嬉しそうな顔をして、駿太郎の手にした備前古一文字則宗の柄にかかった福玉に目を止めた。

「福玉は頭成の船問屋塩屋の娘御から頂戴したものです」

「福玉もさることながら、駿太郎どのの刀、なかなかの逸品と思いましてな、ついつい目がいきました。かなりの大業物ですな」

駿太郎は、豊後の刀鍛冶國寿に一文字則宗を差し出した。

「拝見してよいと申されるか。かような在所に住んでおるとなかなか出来のよい刀には巡り合わぬでな」

と言い訳しながら受け取った國寿が火床《ほど》の炎を避けて座る位置を変え、頭《かしら》から鞘尻まで拵えをゆっくりと観察していきながら呻いた。

「見事な造りかな」

と思わず呟いた國寿師が神棚に向かって両手で則宗を捧げた。

駿太郎は國寿の動きを見ながら、

(豊後森にこれほどの刀鍛冶がおられたとは)

と感動した。

國寿が鯉口を切ると流れるような動作で刃渡二尺六寸余の則宗を抜き、

「備前国と見たが」

「刀匠、備前一文字則宗です」

「見事なり」

と感に堪えた声が國寿から洩れて駿太郎を見た。

「父とともに城中に呼ばれ、公方様の御前で来島水軍流を披露致しました。その折、上様より、二尺二寸余の孫六兼元《まごろくかねもと》もよいが、そのほう、兼元では事足りるまい、こちらを使いこなす日がこようとのお言葉をいただき拝領したものです」

「な、なんと公方様より拝領の備前一文字則宗と、この森の地で、それもわが工房にてお目にかかるとは」

と國寿が感激した。そして、則宗をしげしげと観察すると鞘に納め、

「駿太郎どの、眼福であった。改めて申す、父御とともに豊後の果てまでようも見えられた。わしがこの地で出来ることあらばなんでも致す」

と言った。

則宗を受け取った駿太郎は、鍛冶場の広さを改めて見直すと、

「刀匠、それがし、拙い来島水軍流を鍛冶場の神様に奉献してようござるか」

と願った。

「赤目家の先祖が代々伝えし来島水軍流をわが鍛冶場の大山祇神社の祭神に披露されると申されるか。拝見致したし」

との國寿の言葉に頷き則宗を腰に差し戻しながら、

（父に断わりもなしに森の大山祇神社の祭神に奉献するか）

と思いつつ、神棚に拝礼した。

國寿とふたりの門弟がそれぞれの場で駿太郎の動きを見る構えをした。

与野吉は最前から鍛冶場の片隅に控えていた。

駿太郎はしばし瞑目すると無念無想の刻を待ち、両眼を見開いた。

「豊後森刀鍛冶、播磨守國寿様の大山祇の祭神に不肖赤目駿太郎、来島水軍流を奉献致します」

と奏上すると則宗の鞘を払い、

「来島水軍流序の舞」

と告げてゆったりとした動きで、序の舞から正剣十手を次々に披露していった。

播磨守國寿の鍛冶場に駿太郎の技名を告げる声と刃が風を切る音だけが響いた。

与野吉は、鍛冶場の片隅から来島水軍流を見た。大山祇神社での奉納以来の見物であった。

それは海を想いつつ、山中で暮らす一族の二百余年の歳月が動きひとつひとつに込められた剣技だった。

駿太郎が動きを止めて間を置くと、則宗を鞘に納めた。

ふうっ

という國寿の吐息が鍛冶場の静寂を破り、

「わしは豊後の地にて来島水軍流の奥義を、村上水軍の生き方を初めて見たわ」

と洩らした。

もはや言葉はいらなかった。

駿太郎は改めて神棚と國寿師と門弟に一礼すると、

「刀匠、この次は父を伴います」

と言い残し、鍛冶場を出た。

赤目小籐次は、そのとき、森藩久留島家の表向玄関の一角の控えの間に一刻以上も待たされていた。

物頭最上拾丈が小籐次を案内して行ったのは、郡役所と思しき玄関であった。

そこには国家老の嶋内主石の小姓が待ち受けていて、

「物頭最上どの、これより赤目小籐次どのの案内《あない》、それがしが引き受けます」

と言った。

抗う言葉を発しようとした最上に小籐次が、

「最上どの、案内方ご苦労でござったな。森陣屋に訪れた以上、どちら様かの習わしに従うしか手はありますまい」

と応じた。

その言葉に致し方なしと最上も考えたか、あとでお会いしましょう、と言い残し、小姓に小籐次の案内を託した。

小籐次が案内されたのは、表向玄関の控えの間であった。

「赤目小籐次どの、こちらにしばしお待ち下され」

と小姓が去った。

森藩久留島家一万二千五百石の陣屋は、一応表向の役所、藩主の居所の中奥、さらに奥方や侍女の居所の奥向に分かれているように思えた。

それにしても森陣屋は御殿と呼ぶにはいささか貧寒としており、藁葺屋根の建物が何棟か廻廊によって結ばれたものだった。

小籐次は三畳間でひたすら待たされた。

四半刻が過ぎ、半刻が経った。が、だれも迎えに来る者とてなく、茶ひとつ出なかった。

(忘れられたのであろうか)

と思ってみたが、声をかけようにも何者の気配もしなかった。

本日、江戸から四十余日の長旅の末に無事帰国したのではないか。もう少し陣屋に賑わいがあってもよかろうと思った。

(それならそれでよいわ)

と意地を張って待つことにした。

一刻が過ぎたとき、小籐次は昨夜一睡もしていないせいで眠気に誘われた。ごろり、と横になった小籐次は手枕で眠りに就いた。

どれほどの刻が過ぎたか、小籐次は夢か現か、楽の音を聞いていた。

「どなたかな」

と小籐次は声をかけられて眼を覚ました。

楽の音は遠くから響いてきた。

どうやら藩主が無事に帰国した祝いの場からの調べか、と思った。

「そなた様はどなたかな」

と声の主の壮年の家臣が小籐次に質した。

「おお、相すまぬな、昨夜一睡もしておらんでな、つい眠り込んだようだ。ただ今何刻かな」

「七つ（午後四時）過ぎでござる。そなたはまさか赤目小籐次と申される御仁ではござるまいな」

「いかにもわしは赤目小籐次じゃが」

「かような控えの間で昼寝をしてござったか」

「わしは昼寝をしに森陣屋にきたわけではないわ。小姓に案内されてこの控えの間で待てと命じられてな、待っておったのよ。わしは陣屋内をふらふらとしたわけではないぞ、待てと言われたこの三畳間で茶ひとつ供されず待っておったわ」

「赤目様、案内した小姓の名は承知ですかな」

「いや、知らぬな。どうやら、それがし、忘れられたようだな」

しばし迷う表情を見せた家臣が、

「それがし、御徒士下村喜助《しもむらきすけ》にござる。この場に赤目様を案内してきた小姓、おそらく御中小姓の小倉忠明《おぐらちゆうめい》にござろう。国家老嶋内主石様の寵愛の小姓でしてな」

「なに、わしをこの場に連れてきて放置したのは国家老贔屓《ひいき》の小姓どのか。殿の招きで江戸よりわざわざ豊後まで連れてこられてこの仕打ちか、森藩の接待、なかなかのものじゃな」

小籐次は初めて会った家臣の下村に皮肉を言った。

「赤目様のお怒りごもっとも、されどこれには曰くがござる」

「曰くとはなにかな」

「赤目様は本未明、八丁越にて国家老が放った刺客の頭分を斃されなんだか」

「おお、さようなことはあったたな。国家老は、藩主久留島通嘉様の参勤行列を守ったわしを憎んでかような仕打ちに出たと言われるか」

「それしか考えがつき申さぬ」

その返答にしばし小籐次は、思案した。

「下村どの、そなた、どうやら国家老どのによくは思われておらぬ家臣のひとりかな」

「赤目様は早森藩の内情を承知しておられるようじゃな。いかにもそれがし、殿一人がわが主と思う家来にござる。よかろう、それがし、殿と国家老に、赤目様への仕打ちを伝えて参ろうぞ。しばし待たれよ」

と控えの間を出かかる下村に、

「あいや、下村どの、わしへの仕打ち、殿にも国家老にも訴えるのを忘れてくれぬか」

「かような真似をされてよいのか」

「考えてみれば参勤の道中にもあれこれとござった。それがひとつ増えたとてなんのことがあらんや。知らぬ顔をして、あの調べのところへわしを案内してくれぬか」

「なにをお考えか、赤目様の思案が楽しみじゃて」

と下村が呟き、

(できることならば早々に三河に帰りたいものよ)

と小籐次は肚の怒りを抑えた。


江戸・芝口新町の新兵衛長屋。

この日の夕暮れ、新兵衛の通夜に長屋の住人はもちろん、長屋の持ち主の紙問屋久慈屋の八代目昌右衛門とおやえ夫婦、大番頭の観右衛門、難波橋の秀次親分、読売屋の空蔵らが集まり、その他に手伝いとして見習番頭の国三とお鈴らが出向いていた。

微妙山真性寺の住職清遼坊の読経で通夜が始まった。

新兵衛は長屋の差配を娘のお麻に譲って隠居の身だ。

菩提寺とはいえ、長屋の差配にして隠居の弔いに住職自らが通夜を取り仕切るなど滅多にない。だが、施主の桂三郎に従ったのが紙問屋の久慈屋の大番頭だ。真性寺も久慈屋から紙を長年納めてもらう得意先でもあった。

話を聞いた清遼は、

「なんと弔いは二月先の赤目小籐次様の江戸戻りを待てと申されるか」

「住職、それではなりませぬか」

と観右衛門が問い返すと、

「うむ、久慈屋さんと、天下の酔いどれ小籐次様が絡む弔いでは、先のばしも致し方ないのう。よかろう、愚僧が承った」

清遼自ら通夜から数月後の弔いまで仕切ることになった。

読経と法話が終わり、斎《とき》が始まったとき、どこから聞きつけたか、ぞろぞろと芝口新町の住人たちが別れにきてくれた。そんなわけで隠居新兵衛の通夜は、賑々しいものになった。だが、通夜の席で話題になったのは新兵衛ではなく、その場にいない赤目小籐次であったことは致し方ない仕儀だ。

「やっぱりよ、新兵衛さんの死に顔を見てるとよ、酔いどれ様の顔と重なって浮かんでくるな。片方はなり切りの酔いどれ小籐次、もう一方は底なしの酒飲み、公方様もお認めの赤目小籐次だ。こんなふたりが顔を合わせた長屋なんて、広い江戸にもなかろうじゃないか」

と茶碗酒を手にした空蔵が口火を切った。

「ございませんな。今ごろ、噂のご当人、豊後の森陣屋にて、うま酒を飲んでおられましょうかな」

と観右衛門が言い、

「酔いどれ小籐次なくて新兵衛さんの弔いか。おめえさんが江戸を留守にするから新兵衛さんがあの世に行っちまったぜ」

と空蔵が受けた。

「ご一統様、舅はだれよりもこの世を楽しんで身罷ったと思います。お麻もお夕も、この婿の私も、羨むほど皆さんによくして頂きました。ただひとつの」

「心残りはこの場に酔いどれ小籐次がいないことだろ。だがよ、あの一家が江戸に戻ったとき、盛大に新兵衛さんの弔いを催すからよ。そのときは、この家ではできないぜ。どうしたもんかね」

「読売屋のほら蔵さんや、ご案じなさるな、わが微妙山真性寺の本堂で賑やかに催しましょうぞ」

と清遼が請け合い、

「よし、来た。おれがよ、そんときゃあ、酔いどれ小籐次、おりょう様、駿太郎さん一家、二月遅れの弔いに参上との読み物を書いてさ、江戸じゅうの酔いどれ信徒を寺にくるようにあおろうじゃないか」

とこちらは商いがらみで応じたものだ。

「赤目小籐次様、豊後の森城下で、どうしておられますかね」

と久慈屋の八代目がしみじみした口調で洩らし、お夕が新兵衛の枕辺に新たな線香をあげた。

そのとき、新兵衛の死に顔に微笑みが新たに浮かんだように一同には思えた。

この作品は文春文庫のために書き下ろされたものです。

文春文庫

定価はカバーに
表示してあります

八《はつ》丁《ちよう》越《ごえ》
新《しん》・酔《よ》いどれ小籐次《ことうじ》（二十四）

2022年7月10日　第1刷

著　者　佐《さ》伯《えき》泰《やす》英《ひで》
発行者　花田朋子
発行所　株式会社　文藝春秋

東京都千代田区紀尾井町 3-23　〒102-8008
TEL　03・3265・1211㈹
文藝春秋ホームページ　http://www.bunshun.co.jp

落丁、乱丁本は、お手数ですが小社製作部宛お送り下さい。送料小社負担でお取替致します。

印刷・凸版印刷　製本・加藤製本
Printed in Japan
ISBN978-4-16-791901-6

（　）内は解説者。品切の節はご容赦下さい。

佐伯泰英
神隠し
新・酔いどれ小籐次（一）
背は低く額は禿げ上がり、もくず蟹のような顔の老侍で、無類の大酒飲み。だがひとたび剣を抜けば来島水軍流の達人である赤目小籐次が、次々と難敵を打ち破る痛快シリーズ第一弾！
さ-63-1

佐伯泰英
願かけ
新・酔いどれ小籐次（二）
一体なんのご利益があるのか、研ぎ仕事中の小籐次に賽銭を投げて拝む人が続出する。どうやら裏で糸を引く者がいるようだが、その正体、そして狙いは何なのか――。シリーズ第二弾！
さ-63-2

佐伯泰英
桜吹雪《はなふぶき》
新・酔いどれ小籐次（三）
夫婦の披露目をし、新しい暮らしを始めた小籐次。呆けが進んだ長屋の元差配のために、一家揃って身延山久遠寺への代参の旅に出るが、何者かが一行を待ち受けていた。シリーズ第三弾！
さ-63-3

佐伯泰英
姉と弟
新・酔いどれ小籐次（四）
小籐次に斃された実の父の墓石づくりをする駿太郎と、父のもとで錺職人修業を始めたお夕。姉弟のような二人を見守る小籐次に、戦いを挑もうとする厄介な人物が―。シリーズ第四弾。
さ-63-4

佐伯泰英
柳に風
新・酔いどれ小籐次（五）
小籐次は、新兵衛長屋界隈で自分を尋ねまわる怪しい輩がいると知り、読売屋の空蔵に調べを頼む。これはネタになるかと張り切る空蔵だが、その身に危機が迫る。シリーズ第五弾！
さ-63-5

佐伯泰英
らくだ
新・酔いどれ小籐次（六）
江戸っ子に大人気のらくだの見世物。小籐次一家も見物したが、そのらくだが盗まれたうえに身代金を要求された！　なぜか小籐次が行方探しに奔走することに……。シリーズ第六弾！
さ-63-6

佐伯泰英
大晦り《おおつごもり》
新・酔いどれ小籐次（七）
火事騒ぎが起こり、料理茶屋の娘が行方知れずになる。同時に焼け跡から御庭番の死体が見つかっていた。娘は事件を目撃して攫われたのか？　小籐次は救出に乗り出す。シリーズ第七弾！
さ-63-7

（　）内は解説者。品切の節はご容赦下さい。

佐伯泰英
夢三夜
新・酔いどれ小籐次（八）
新年、宴席つづきの上に町奉行から褒美を頂戴した小籐次を、刺客が襲った。難なく返り討ちにしたが、その刺客の雇い主に気づいたおりょうは動揺する。黒幕の正体、そして結末は？
さ-63-8

佐伯泰英
船参宮
新・酔いどれ小籐次（九）
心に秘するものがある様子の久慈屋昌右衛門に請われ、伊勢へ同道することになった小籐次。地元の悪党や妖しい黒巫女が行く手を阻もうとするところ、無事に伊勢に辿り着けるのか？
さ-63-9

佐伯泰英
げんげ
新・酔いどれ小籐次（十）
北町奉行所から極秘の依頼を受けたらしい小籐次が、嵐の夜に小舟に乗ったまま行方不明に。おりょうと駿太郎、そして江戸中の人々が小籐次の死を覚悟する。小籐次の運命やいかに!?
さ-63-10

佐伯泰英
椿落つ
新・酔いどれ小籐次（十一）
小籐次が伊勢参りの折に出会った三吉が、強葉木《つばき》谷の精霊と名乗る謎の相手に付け狙われ、父を殺された。敵は人か物の怪か。三吉を救うため、小籐次と駿太郎は死闘を繰り広げる。
さ-63-11

佐伯泰英
夏の雪
新・酔いどれ小籐次（十二）
将軍にお目見えがなった小籐次は見事な芸を披露して喝采を浴びるが、大量の祝い酒を贈られて始末に困る。そんな折、余命わずかな花火師の苦境を知り、妙案を思いつくが……。
さ-63-12

佐伯泰英
鼠草紙《ねずみのそうし》
新・酔いどれ小籐次（十三）
小籐次一家は、老中青山の国許であり駿太郎の実母・お英が眠る丹波篠山へと向かう。実母の想いを感じる駿太郎だったが、お家再興を諦めないお英の兄が、駿太郎を狙っていた。
さ-63-13

佐伯泰英
旅仕舞
新・酔いどれ小籐次（十四）
残忍な押込みを働く杉宮の辰麿一味が江戸に潜入したらしい。探索の助けを求められた小籐次は、一味の目的を探るうち、標的が自分の身辺にあるのではと疑う。久慈屋に危機が迫る！
さ-63-14

（　）内は解説者。品切の節はご容赦下さい。

佐伯泰英
意地に候
酔いどれ小籐次（二）決定版
御鑓拝借の騒動を起こした小籐次は、久慈屋の好意で長屋に居を定め、研ぎを仕事に新たな生活を始めた。だが威信を傷つけられた各藩の残党は矛を収めていなかった。シリーズ第2弾！
さ-63-52

佐伯泰英
寄残花恋《のこりはなよするこい》
酔いどれ小籐次（三）決定版
小金井橋の死闘を制した小籐次は、生涯追われる身になったと悟り甲斐国へ向かう。だが道中で女密偵・おしんと知り合い、ともに甲府を探索することに。新たな展開を見せる第3弾！
さ-63-53

佐伯泰英
一首千両
酔いどれ小籐次（四）決定版
鍋島四藩の追腹組との死闘が続く小籐次だったが、さらに江戸の分限者たちが小籐次の首に千両の賞金を出し、剣客を選んで襲わせるという噂が…。小籐次の危難が続くシリーズ第4弾！
さ-63-54

佐伯泰英
孫六兼元
酔いどれ小籐次（五）決定版
久慈屋の依頼で芝神明の大宮司を助けることになった小籐次。社殿前の賽銭箱に若い男が剣で串刺しにされ、死んでいたという。大宮司は、小籐次に意外すぎる秘密を打ち明けた——。
さ-63-55

佐伯泰英
騒乱前夜
酔いどれ小籐次（六）決定版
自ら考案した行灯づくりの指南に水戸に行くことになった小籐次。だがなぜか、同行者の中に探検家・間宮林蔵の姿が。幕府の密偵との噂もある彼の目的は何なのか？　シリーズ第6弾！
さ-63-56

佐伯泰英
子育て侍
酔いどれ小籐次（七）決定版
刺客、須藤平八郎を討ち果たし、約定によりその赤子、駿太郎を引き取った小籐次。周囲に助けられ〝子育て〟に励む小籐次だったが、駿太郎の母と称する者の影が見え隠れし始め……。
さ-63-57

佐伯泰英
竜笛嫋々《りゅうてきじょうじょう》
酔いどれ小籐次（八）決定版
おりょうに持ち上がった縁談。だがおりょうは不安を小籐次に吐露する。相手の男の周りは不穏な噂が絶えない。そして、おりょうの突然の失踪——。想い人の危機に、小籐次どう動く？
さ-63-58

（　）内は解説者。品切の節はご容赦下さい。

佐伯泰英
春雷道中
酔いどれ小籐次（九）決定版

行灯の製作指南と、久慈屋の娘と手代の結婚報告のため水戸に向かった小籐次一行。だが密かに久慈屋の主の座を狙っていた番頭が、あろうことか一行を襲撃してくる。シリーズ第9弾！

さ-63-59

佐伯泰英
薫風鯉幟《くんぷうこいのぼり》
酔いどれ小籐次（十）決定版

野菜売りのうづが姿を見せず、心配した小籐次が在所を訪ねると、彼女に縁談が持ち上がっていた。良縁かと思いきや、相手は厄介な男のようだ。窮地に陥ったうづを小籐次は救えるか？

さ-63-60

佐伯泰英
偽小籐次
酔いどれ小籐次（十一）決定版

小籐次の名を騙り、法外な値で研ぎ仕事をする男が現れた！その男の正体を探るため小籐次は東奔西走するが、裏には予想外の謀略が……。真偽小籐次の対決の結末はいかに!?

さ-63-61

佐伯泰英
杜若艶姿《とじゃくあですがた》
酔いどれ小籐次（十二）決定版

当代随一の女形・岩井半四郎から芝居見物に誘われた小籐次は、束の間の平穏を味わっていた。しかしそれは長く続かず、久慈屋に気がかりが出来。さらに御鑓拝借の因縁が再燃する。

さ-63-62

佐伯泰英
野分一過《のわきいっか》
酔いどれ小籐次（十三）決定版

野分が江戸を襲い、長屋の住人達は避難を余儀なくされた。そのさ中、小籐次は千枚通しで殺された男を発見。その後、同じ手口で殺された別の男も発見され、事態は急変する……。

さ-63-63

佐伯泰英
冬日淡々
酔いどれ小籐次（十四）決定版

小籐次は深川惣名主の三河蔦屋に請われて、成田山新勝寺詣でに同道することに。だが物見遊山に終わるわけはなく、一行を付け狙う賊徒に襲われる。賊の正体は、そして目的は何か？

さ-63-64

佐伯泰英
新春歌会
酔いどれ小籐次（十五）決定版

師走、小籐次は永代橋から落ちた男を助ける。だが男は死に、謎の花御札が残された。探索を始めた小籐次は、正体不明の武家に待ち伏せされる。背後に蠢く、幕府をも揺るがす陰謀とは？

さ-63-65

佐伯泰英
旧主再会 酔いどれ小籐次（十六）決定版
旧主・久留島通嘉に呼び出された小籐次は、思いがけない依頼を受ける。それは松野藩藩主となった若き日の友の窮地を救うことだった。旧主と旧友のために、小籐次は松野へ急ぐ。
さ-63-66

佐伯泰英
祝言日和 酔いどれ小籐次（十七）決定版
公儀の筋から相談を持ちかけられた小籐次。御用の手助けは控えたかったが、外堀は埋められているようだ。久慈屋のおやえと浩介の祝言が迫るなか、小籐次が巻き込まれた事件とは？
さ-63-67

佐伯泰英
政宗遺訓 酔いどれ小籐次（十八）決定版
長屋の空き部屋から金無垢の根付が見つかった。歴代の持ち主は小籐次ゆかりのお大尽を始め有名人ばかり。お宝をめぐって長屋の住人からお殿様まで右往左往の大騒ぎ、決着はいかに？
さ-63-68

佐伯泰英
状箱騒動 酔いどれ小籐次（十九）決定版
水戸へ向かった小籐次は、葵の御紋が入った藩主の状箱が奪われるという事件に遭遇する。葵の御紋は権威の証。誰が何のためにやったのか？　書き下ろし終章を収録、決定版堂々完結！
さ-63-69

佐伯泰英
奈緒と磐音 居眠り磐音
〝居眠り磐音〟が帰ってきた！　全五十一巻で完結した平成最大の人気シリーズが復活。夫婦約束した磐音と奈緒の幼き日々から悲劇の直前までを描き、万感胸に迫るファン必読の一冊。
さ-63-70

佐伯泰英
武士の賦 新・居眠り磐音
〝でぶ軍鶏〟こと重富利次郎、朋輩の松平辰平、そして雑賀衆女忍びだった霧子。佐々木道場の門弟で、磐音の弟妹ともいうべき若者たちの青春の日々を描くすがすがしい連作集。
さ-63-71

佐伯泰英
初午祝言 新・居眠り磐音
品川柳次郎とお有の祝言を描く表題作や、南町奉行所与力の笹塚孫一が十七歳のとき謀略で父を失った経緯を描く「不思議井戸」など、磐音をめぐる人々それぞれの運命の一日。
さ-63-72

文春文庫　佐伯泰英の本

（　）内は解説者。品切の節はご容赦下さい。

佐伯泰英
おこん春暦
新・居眠り磐音

母を病で亡くしたばかりのおこん十四歳。父の金兵衛と二人で住む長屋に下野国から赤子を抱いた訳ありの侍夫婦が流れ着く。やがて今津屋に奉公に行くまでを描く〝今小町〟の若き日。

さ-63-73

佐伯泰英
幼なじみ
新・居眠り磐音

深川の唐傘長屋で身内同然に育った幸吉とおそめ。磐音の長屋暮らしの師匠・幸吉はやがて鰻処宮戸川に奉公、おそめも縫箔師を目指し弟子入りする。シリーズでも人気の二人の成長物語。

さ-63-74

佐伯泰英
陽炎ノ辻
居眠り磐音（一）決定版

豊後関前藩の若き武士三人が、帰着したその日に、互いを斬る窮地に陥る。友を討った哀しみを胸に江戸での浪人暮らしを始めた坂崎磐音は、ある巨大な陰謀に巻き込まれ……。

さ-63-101

佐伯泰英
寒雷ノ坂
居眠り磐音（二）決定版

江戸・深川六間堀の長屋。浪々の身の磐音は糊口をしのぐべく、鰻割きと用心棒稼業に励む最中、関前藩勘定方の上野伊織と再会する。藩を揺るがす疑惑を聞いた磐音に不穏な影が迫る。

さ-63-102

佐伯泰英
花芒ノ海
居眠り磐音（三）決定版

深川の夏祭りをめぐる諍いに巻き込まれる磐音。国許の豊後関前藩では、磐音と幼馴染みたちを襲った悲劇の背後にうごめく陰謀がだんだんと明らかになる。父までもが窮地に陥り……。

さ-63-103

佐伯泰英
雪華ノ里
居眠り磐音（四）決定版

豊後関前藩の内紛終結に一役買った磐音だが、許婚の奈緒の姿がない。病の父親のため自ら苦界に身を落としたという。秋深まる西国、京都、金沢。磐音を待ち受けるのは果たして——。

さ-63-104

佐伯泰英
龍天ノ門
居眠り磐音（五）決定版

吉原入りを間近に控えた奈緒の身を案じる磐音は、その身に危険が迫っていることを知る。花魁道中を密かに見守る決意を固める磐音。奈緒の運命が大きく動く日、彼女に刃が向けられる！

さ-63-105

佐伯泰英
雨降ノ山
居眠り磐音（六）決定版
磐音の用心棒稼業は貧乏暇なし。婀娜っぽい女を助けて騒動に巻き込まれる。盛夏、今津屋吉右衛門の内儀お艶の病気平癒を祈るため、大山寺詣でに向かう一行に不逞の輩が襲い掛かる！
さ-63-106

佐伯泰英
狐火ノ杜
居眠り磐音（七）決定版
おこんの慰労をという今津屋の心遣いで、紅葉狩りへと出かけた磐音たち。しかし、狼藉を働く直参旗本たちに出くわす。後日、狐火見物に出かけた折にもおこんの身に危険が迫り……。
さ-63-107

佐伯泰英
朔風ノ岸
居眠り磐音（八）決定版
新年早々、磐音は南町奉行所与力の笹塚孫一に乞われ、名立たる商人一家の毒殺事件の探索に助勢する。一方で、蘭医・中川淳庵の命を狙う破戒僧の一味との対決の時が迫っていた……。
さ-63-108

佐伯泰英
遠霞ノ峠
居眠り磐音（九）決定版
吉原遊女三千人の頂に立つ新たな太夫を客たちが選ぶ催しが行われることに。花魁・白鶴となったかつての許婚・奈緒の名が「松の位」の有力な候補として噂され、磐音の心を騒がせる。
さ-63-109

佐伯泰英
朝虹ノ島
居眠り磐音（十）決定版
見世物一座の美人姉妹の妹の捜索で、思わぬ失態を演じた磐音。熱海の石切場を巡見する今津屋一行に友人の柳次郎と同行、普請奉行の素行を疑い、探索する中、柳次郎が行方不明に……。
さ-63-110

佐伯泰英
無月ノ橋
居眠り磐音（十一）決定版
研ぎに出していた備前包平を受け取りに研ぎ師のもとを訪ねた磐音。そこには徳川家に不吉をもたらすとされる勢州村正を正宗と改鑿して持ち込もうとする大身旗本用人の姿があった。
さ-63-111

佐伯泰英
探梅ノ家
居眠り磐音（十二）決定版
今津屋老分番頭の由蔵に乞われ、磐音は鎌倉へ同道する。主人吉右衛門の後添えに迎えたいと、小田原宿の小清水屋の娘お香奈と対面を果たしたが、翌朝、お香奈は姿をくらませて……。
さ-63-112

（　）内は解説者。品切の節はご容赦下さい。

（　）内は解説者。品切の節はご容赦下さい。

佐伯泰英
残花ノ庭
居眠り磐音（十三）決定版

日光社参の勘定を担う両替商・今津屋からある提案を持ちかけられた磐音。一方、将軍家にも麻疹の患者が出るが、阿蘭陀商館付の医師は、反対派の妨害で城中での診察がかなわない。

さ-63-113

佐伯泰英
夏燕ノ道
居眠り磐音（十四）決定版

将軍家治の日光社参に供奉する今津屋一行とともに江戸を出立する磐音。実は、将軍家世嗣・家基の影警護の密命を帯びていた。襲い来る下忍衆を操る幕閣の権力者。磐音の豪剣が唸る！

さ-63-114

佐伯泰英
驟雨ノ町
居眠り磐音（十五）決定版

磐音の父・正睦は、城中で催された猿楽見物に異例の招きを受ける。磐音の江戸での暮らしを思う正睦だが、おこんとその父との対面の帰路、刺客に狙われる。磐音は父を護れるのか!?

さ-63-115

佐伯泰英
螢火ノ宿
居眠り磐音（十六）決定版

白鶴太夫こと奈緒が身請けされることになり、それを阻止せんと不穏な動きがあることを磐音は知る。やがて罪なき禿が殺された。昔日の許婚が無事に旅立てるよう、磐音は吉原へ急ぐ！

さ-63-116

佐伯泰英
紅椿ノ谷
居眠り磐音（十七）決定版

今津屋吉右衛門の祝言の日を迎え、花嫁行列先導の大役を果たした磐音。和やかな祝言から暫くし、奥向き女中のおこんの異変に気付く。医師らに相談した磐音はある決意を固め……。

さ-63-117

佐伯泰英
捨雛ノ川
居眠り磐音（十八）決定版

縫箔職人を目指すおそめに、幸吉の胸は騒ぐ。師範の本多鐘四郎は突然の縁談話に、昔の幼馴染みの顔が浮かぶ。想いが交錯する春。彼らの幸せを願い奔走する磐音を謎の武術家が襲う！

さ-63-118

佐伯泰英
梅雨ノ蝶
居眠り磐音（十九）決定版

改築された佐々木道場の杮落しが近づき、祝いを思案する今津屋。一方、町奉行所からは、島抜けした咎人の情報が寄せられる。そんな中、何者かに襲われた磐音が深手を負い……。

さ-63-119

（　）内は解説者。品切の節はご容赦下さい。

佐伯泰英
野分ノ灘
居眠り磐音（二十）決定版

佐々木道場の跡目を継ぐため、鰻割きを辞し、金兵衛長屋を引き払った磐音の前に、刺客が立ち塞がる。磐音を亡き者にせんとする幕閣の有力者の差し金か!?　新たな闘いの幕が開く。

さ-63-120

佐伯泰英
鯖雲ノ城
居眠り磐音（二十一）決定版

磐音とおこんは、危難に満ちた船旅を経て豊後関前藩へと辿り着く。藩政改革の犠牲となった磐音の幼馴染みたちの墓参りへ向かう二人。そこは、関前城下からは離れた山寺であった。

さ-63-121

佐伯泰英
荒海ノ津
居眠り磐音（二十二）決定版

豊後関前を後にした坂崎磐音とおこん。訪れた博多で、武芸者に囲まれた若侍と武家の娘を助けるが……。そのころ江戸では、お家廃絶の危機に瀕した品川柳次郎が思わぬ人と再会する。

さ-63-122

佐伯泰英
万両ノ雪
居眠り磐音（二十三）決定版

磐音とおこんの帰りを待つ江戸。南町奉行所の笹塚孫一は、六年前に苦い思いを味わわされることになった男が島抜けしたと報せを受ける。磐音不在の窮地を笹塚は乗り越えられるのか？

さ-63-123

佐伯泰英
朧夜ノ桜
居眠り磐音（二十四）決定版

尚武館佐々木道場に大薙刀を引っ提げた道場破りが現れる。磐音はこれを難なく撃退するが、襲い来る手練の刺客は後を絶たない。おこんとの祝言を間近に控えた磐音は、一計を案じる。

さ-63-124

佐伯泰英
白桐ノ夢
居眠り磐音（二十五）決定版

尚武館で朝稽古に励む磐音を元師範の依田鐘四郎が訪ねる。徳川家基からの言伝を聞いた磐音は、約定を果たすためにある策を練る。しかし、西の丸には不穏な影が忍び寄り……。

さ-63-125

佐伯泰英
紅花ノ邨
居眠り磐音（二十六）決定版

かつての許婚・奈緒が身請けされた紅花問屋前田屋が、取り潰しの危機に瀕しているとの一報を受けた磐音は、出羽山形へと急ぐ。山形藩内の対立の渦中で、身を隠した奈緒を救えるのか。

さ-63-126

（　）内は解説者。品切の節はご容赦下さい。

佐伯泰英
石榴ノ蠅　居眠り磐音（二十七）決定版
出羽山形からの帰路、俄雨の宿場で磐音は追手に襲われた若侍を助ける。江戸に戻ると御典医の桂川から家基の要望がもたらされるが、そこにも田沼派の黒い影が。磐音が取った策とは？
さ-63-127

佐伯泰英
照葉ノ露　居眠り磐音（二十八）決定版
磐音は、南町奉行所同心・木下一郎太の相談を受ける。ある旗本家で、主人が刺殺され妻と奉公人が逐電したという。弱冠十三歳の遺子の仇討ちに助勢するため、磐音は一郎太と旅に出る。
さ-63-128

佐伯泰英
冬桜ノ雀　居眠り磐音（二十九）決定版
千鳥ヶ淵一番町にある高家の屋敷へおこんらを伴って冬桜見物に出かけた磐音は、門前で騒動に出くわす。一方、尚武館には見目麗しい孫娘に手を引かれた盲目の老剣客がやってきて……。
さ-63-129

佐伯泰英
侘助ノ白　居眠り磐音（三十）決定版
年の瀬、武芸者が尚武館を訪れる。六尺棒を操る槍折れ術の手練れだが、筑前訛りで愛嬌ある男に磐音は……。一方、高知城下に着いた門弟の利次郎は、父が襲われ、窮地に立たされていた。
さ-63-130

佐伯泰英
更衣ノ鷹　上下　居眠り磐音（三十一・三十二）決定版
小正月を迎えた江戸。鵜飼百助を訪ね、愛刀の備前包平を研ぎに出した帰り道、両国橋に差し掛かった磐音は妖気に包まれ、襲撃を受ける。家基の命を狙う勢力がその牙を露わに襲い来る！
さ-63-131

佐伯泰英
孤愁ノ春　居眠り磐音（三十三）決定版
尚武館を追われ、小梅村の今津屋御寮でひっそりと暮らす磐音とおこん。ここにも田沼一派の厳しい監視の眼がつきまとい、二人を案じる人々も近づくことすらできない日々が続いて……。
さ-63-133

佐伯泰英
尾張ノ夏　居眠り磐音（三十四）決定版
江戸を離れた磐音は、名を偽り、尾張名古屋に身を寄せた。老舗呉服屋に難癖をつける巨漢の武士を追い払い、大番頭・三郎清定から信を得たが、剣の腕前ゆえに正体を疑われてしまう。
さ-63-134

佐伯泰英
姥捨ノ郷
居眠り磐音（三十五）決定版

身分を隠して清水平四郎と名乗り、尾張藩で過ごす磐音と身重のおこんの前に、田沼一派の刺客が姿を現し、磐音らはさらなる逃避行を決意する。霧子の案内で、目指した隠れ里とは……。

さ-63-135

佐伯泰英
紀伊ノ変
居眠り磐音（三十六）決定版

紀州姥捨の郷で、磐音とおこんは生まれたばかりの空也と束の間の安息を得た。だが、郷に暮らす雑賀衆の生活の糧である丹の鉱脈に、幕府の手が迫る。隠れ里を守るために、磐音が立つ！

さ-63-136

佐伯泰英
一矢ノ秋
居眠り磐音（三十七）決定版

旅の空にある磐音らの無事を祈りながら暮らす江戸の面々。品川柳次郎は磐音からの書状が届いたことを聞くのだが、その帰路、尚武館佐々木道場が取り壊される現場を目の当たりにする。

さ-63-137

佐伯泰英
東雲ノ空
居眠り磐音（三十八）決定版

磐音とおこんは、三年余の流浪の旅から江戸に戻ってきた。田沼一派の警戒を潜り抜け辿り着いた小梅村で、磐音たちは思いがけない再会を果たすが、忍び集団が密かに迫っていた……。

さ-63-138

佐伯泰英
秋思ノ人
居眠り磐音（三十九）決定版

甲府勤番支配の任を解かれ、重職である奏者番に就くことになった速水左近。しかし、江戸への道中には田沼一派の苛烈な妨害が待っていた。亡き養父の友のため、磐音は甲州道中を急ぐ！

さ-63-139

佐伯泰英
春霞ノ乱
居眠り磐音（四十）決定版

磐音は、関前藩留守居役兼用人の中居半蔵から、父で国家老の正睦が藩物産取引で不正を働いた疑いがあると告げられる。探索に手を貸すことになった磐音の前に現れた意外な人物とは。

さ-63-140

佐伯泰英
散華ノ刻
居眠り磐音（四十一）決定版

関前藩から密かに上府した、磐音の父で国家老の正睦。孫の空也らと過ごす時に癒されながらも、胸には藩主の命を秘めていた。磐音は関前藩江戸屋敷を訪ねるが、そこで会ったのは……。

さ-63-141